Navidad de amor

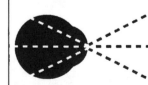

This Large Print Book carries the
Seal of Approval of N.A.V.H.

Navidad de amor

Lee Wilkinson

Thorndike Press • Waterville, Maine

Published in 2004 by arrangement with Harlequin Books S.A.
Publicado en 2004 en cooperación con Harlequin Books S.A.

Thorndike Press® Large Print Spanish.
Thorndike Press® La Impresión grande española.

The tree indicium is a trademark of Thorndike Press.
El símbolo del árbol es una marca registrada de Thorndike Press.

The text of this Large Print edition is unabridged.
El texto de ésta edición de La Impresión Grande está inabreviado.

Other aspects of the book may vary from the original edition.
Otros aspectros de éste libro podrían variar de la edición original.

Set in 16 pt. Plantin.
Impreso en 16 pt. Plantin.

Printed in the United States on permanent paper.
Impreso en los Estados Unidos en papel permanente.

Library of Congress Cataloging-in-Publication Data

Wilkinson, Lee.
    [Tycoon's trophy mistress. Spanish]
    Navidad de amor / Lee Wilkinson.
        p. cm.
    ISBN 0-7862-6846-8 (lg. print : hc : alk. paper)
    1. Large type books.   I. Title.
PR6073.I419T93 2004
    823′.914—dc22   2004053981

Navidad de amor

Capítulo Uno

En Londres, en las oficinas centrales de Wolfe International, un hombre de fríos ojos grises paseaba por el lujoso despacho privado, inquieto como un tigre enjaulado.

¿Qué haría si ella no aparecía? ¿Y si había cambiado de opinión?

Sobre el rugido constante del tráfico de Piccadilly Street, él oyó el chirrido del ascensor.

Momentos más tarde, al detenerse junto a las ventanas estrechas que separaban los dos despachos, vio cómo se abría la puerta del despacho exterior.

Observándola a través de las persianas, la vio entrar en el despacho vacío y detenerse junto al escritorio de Telford.

Era pelirroja, alta, delgada y con garbo, con el rostro redondeado, la nariz recta, los pómulos prominentes, la barbilla decidida y la boca como la de Sophia Loren.

Llevaba el cabello recogido en un moño y que enfatizaba sus facciones, y desde donde él estaba, podía ver que tenía los ojos ligeramente rasgados, pero desafortunadamente no podía distinguir de qué color eran.

Se parecía tanto a la mujer perfecta con la que él soñaba que podían haberla creado bajo sus indicaciones.

Había algo en los rasgos de su rostro que la hacían parecer fascinante y no solo bonita. Y a juzgar por el trabajo que hacía y por lo que él había indagado acerca de ella, era inteligente y tenía carácter.

Unas características que no tenían la mayor parte de las otras mujeres.

Pero hasta entonces, para evitar cualquier implicación emocional, él no había buscado mujeres inteligentes o con carácter, solo una bella compañera para mostrar en los actos públicos y un cuerpo esbelto para llevarse a la cama por las noches. Era una manera de satisfacer sus necesidades físicas mientras que las emocionales permanecían intactas.

Esa vez, sin embargo, sus sentimientos sí estaban afectados. La había deseado de manera apasionada desde el primer momento en que la vio, tres meses atrás.

Después, la vio un instante justo cuando él estaba a punto de marcharse hacia el aeropuerto y, asombrado, le preguntó a su director ejecutivo quién era esa mujer.

—Es la hermana de Tim Hunt.

La respuesta sorprendió a Daniel Wolfe y este tardó un momento en contestar.

–No sabía que él tuviera una hermana.

–Por lo que yo sé, no lo sabe casi nadie.

–El departamento de personal no tenía a ningún otro Hunt en la lista.

–Su nombre es Charlotte Michaels –le dijo Telford mientras bajaban en el ascensor.

–¿Está casada? –preguntó Daniel. Él siempre había evitado a las mujeres casadas.

–No, está soltera.

–Entonces, ¿por qué tienen apellidos diferentes?

–Supongo, que debería haber dicho que es la hermanastra de Tim Hunt.

Daniel respiró despacio.

–Sin duda, eso habría aclarado las cosas. ¿Tienes idea de si tenía una relación muy estrecha con su hermanastro?

–Tengo entendido que estaban muy unidos.

–No estuvo en el entierro.

–Charlotte estaba fuera cuando sucedió. Puesto que el año anterior no había tenido vacaciones, este año se tomó cinco semanas. Cuando se enteró de la noticia y regresó a casa, todo había terminado.

–¿Cuántos años tiene la señorita Michaels? Daniel continuó mientras atravesaban el recibidor de suelo de mármol para llegar a la entrada principal donde los esperaba una limusina.

—No lo recuerdo con exactitud. Veinticinco o veintiséis.

—¿Y a qué se dedica?

—Charlotte trabaja con nuestro equipo de investigación, analizando las tendencias actuales del mercado y tratando de predecir las futuras.

—¿Lleva mucho tiempo en la empresa?

—Empezó a principios del año pasado. En febrero, creo.

—¿Y qué sabes de su vida privada? ?¿Tiene algún amigo? ¿Vive con su novio?

Telford frunció el ceño.

—No lo sé —era evidente que al director ejecutivo no le gustaban ese tipo de preguntas personales.

—¿Cómo se lleva con los hombres con los que trabaja?

—Muy bien. Aunque puede parecer un poco distante, siempre es educada y amigable.

—¿Tiene un romance de oficina con alguien? —insistió Daniel.

—No que yo sepa. Es más, se rumorea que desde que se rompió su compromiso a principios de este año, tiende a evitar a los hombres.

—Ya veo. ¿Es buena en su trabajo?

—Estupenda. Diría que tiene uno de los

mejores cerebros del equipo. Pero además de ser inteligente, es muy agradable y se preocupa por los demás. Se quedó destrozada tras la muerte de su hermanastro.

Telford sujetó la puerta para que pasara su jefe y, en tono de advertencia, añadió:

–Después de leer los informes en la prensa, y de escuchar los rumores de la oficina, quedó muy disgustada y enfadada. Al parecer, pensaba que tú eras culpable de lo que había sucedido... –una persona pasó junto a ellos y el director ejecutivo bajó el tono de voz–. Presentó su dimisión, pero yo no quería perderla, así que le dije que se tomara algún tiempo libre y lo pensara bien. He de admitir que me sorprendió y me alegró que decidiera quedarse.

Daniel entornó sus ojos grises.

No le había costado mucho conquistar a la mayoría de las mujeres con las que había estado y descubrir cómo era aquella mujer podía ser el mayor reto al que se había enfrentado nunca.

Pero él era el tipo de hombre que nunca abandonaba. Siempre había sabido conseguir lo que quería, y deseaba a esa mujer. Hacía mucho tiempo que no deseaba algo tanto.

Y tenía intención de conseguirla.

Durante un instante dudó sobre si debía

retrasar el vuelo, regresar y hablar con ella. Presentarse.

Si pudiera sacar todo a la luz, podría comenzar su campaña inmediatamente. Era lo que deseaba hacer, más que esperar.

Pero el instinto le decía que si actuaba demasiado pronto lo estropearía todo. Tenía que ser paciente, permitir que pasara el tiempo. De ese modo, los sentimientos acalorados tendrían tiempo de enfriarse.

Así que, tratando de controlar la impaciencia, le dio al chófer el equipaje que llevaba, estrechó la mano de Telford para despedirse y se subió a la limusina que lo llevaría por las calles soleadas del mes de septiembre hasta el aeropuerto.

Ya en Nueva York contrató a Alan Sheering, un discreto investigador de Londres, para que averiguara todo lo que pudiera sobre Charlotte Michaels y algún posible novio, y este le informó de que aparte de su ex novio, no había encontrado a ningún otro novio pasado o presente. También le dio bastante información general, incluyendo el hecho de que a ella siempre le había gustado viajar y que había expresado su deseo de visitar los Estados Unidos.

Utilizando ese dato como punto de partida, Daniel ideó un plan. Un plan que, si funcionaba, lo acercaría a su meta, ofreciéndole la oportunidad de cambiar de escenario y de distanciar a Charlotte Michaels y a sí mismo de lo que había sucedido en Londres.

Tratando de hablar en tono de negocios, llamó a Telford.

—He decidido que para proporcionar información de primera mano acerca de cómo se hacen las cosas en los Estados Unidos y en el Reino Unido, debería hacerse un intercambio de personal.

—¿Qué es exactamente lo que estás pensando? —le preguntó su director ejecutivo.

—Hacer la prueba y cambiar a uno de los miembros de nuestro equipo de investigación de Londres por uno de los de Nueva York para estudiar las posibles diferencias en las tendencias del mercado.

—¿Durante cuánto tiempo?

—Seis meses. Un año. Veremos cómo va.

—¿Has pensado en alguien en particular?

—Aquí hay un joven llamado Matthew Curtis que está deseando probar.

—¿Y en Londres?

Teniendo en cuenta que el cambio debía ser voluntario, Daniel sugirió con la mayor naturalidad posible:

—¿Qué tal si preguntas quién está interesado?

Si ella no picaba el anzuelo él tendría que pensar en algo más.

—No se qué tal se lo van a tomar —dijo Telford despacio—. La mayor parte de nuestro equipo está casada o tiene pareja, y puesto que muchos también tienen hijos pequeños, no creo que estén dispuestos a tanto trastorno. Aun así, puedo enviar un mensaje y ver qué respuesta obtenemos.

—Hazlo —Daniel cruzó los dedos y esperó con paciencia.

Al final, solo dos personas aceptaron hacer el cambio temporal, Paul Rowlands, el miembro más nuevo del equipo y, para sorpresa de Telford y Daniel, Charlotte Michaels.

Daniel se preguntaba qué le habría hecho pedir el cambio. Pero si Sheering tenía razón, no había nada que la retuviera en Londres y quizá, necesitaba un cambio, una oportunidad de dejar atrás el pasado.

Encantado porque las cosas hubieran salido tan bien, apenas podía controlar su impaciencia. Las últimas semanas se le habían hecho interminables, y se sentía inquieto e insatisfecho. Ansioso como un niño.

—¿Estás pensando en entrevistar tú mismo

a los candidatos? —le había preguntado Telford.

Para que todo pareciera algo rutinario, Daniel le había contestado:

—No, dejaré que lo hagas tú. De todos modos, tengo interés en el resultado y me gustaría echar un vistazo, así que cuando decidas el día, haré una visita. Pero no la anuncies, y no envíes el coche al aeropuerto. Prefiero pasar inadvertido.

Si el director ejecutivo se había quedado intrigado por las instrucciones que le habían dado, no había dicho nada.

Llegó el gran día. Telford había hablado con Paul Rowlands esa mañana y no se había convencido de que fuera a ser beneficioso que fuera él quién se trasladara.

Después de comer, entrevistaría a Charlotte Michaels.

Esperando impaciente a que llegara al despacho de Telford, Daniel se preguntaba si realmente sería tan encantadora como le había parecido el primer día que la vio. ¿Y si se decepcionaba al verla?

Pero cuando apareció, suspiró. Era incluso más bella de lo que él recordaba y, como si su imagen hubiera quedado grabada en su memoria, le resultaba demasiado familiar.

Aunque todavía no había descubierto qué

voz tenía, cómo era su sonrisa, o qué era lo que más le gustaba cuando le hacían el amor.

«Será divertido descubrirlo», pensó él.

Observándola desde la persiana comprobó que estaba tranquila mientras esperaba a Telford, y que no daba ninguna muestra de impaciencia.

Pero la tensión en sus hombros indicaba que no estaba todo lo tranquila que aparentaba estar. Que el resultado de la entrevista le importaba.

Ella miró hacia abajo y se quitó una pelusa de la solapa de su chaqueta gris.

Solo con ver cómo su mano rozaba la curva de su pecho, él sintió que lo invadía un fuerte deseo. Quería salir del despacho y encontrarse con ella sin tener que esperar más.

Pero ella había caído en la trampa que él le había tendido con sumo cuidado, y era una tontería que se arriesgara a perder el juego. Aunque quizá fuera posible acelerar un poco las cosas cuando ya le hubieran ofrecido el traslado de manera oficial.

Mientras Charlotte esperaba al señor Telford trató de no ponerse nerviosa y concentrarse en la entrevista. Si pudiera conseguir el traslado a los Estados Unidos...

Consideraba que el mensaje que había recibido sobre el posible intercambio de personal era una oportunidad caída del cielo.

Por supuesto, quizá no fuera a estar cerca de la oficina de Daniel Wolfe. A lo mejor no estaban ni en el mismo edificio. Pero, puesto que él vivía en Nueva York, ella tendría más oportunidades de verlo allí que de encontrárselo en una de las infrecuentes visitas que hacía al Reino Unido.

Ella se enteraba de que Daniel estaba de visita en la sede que Wolfe International tenía en Londres por el revuelo que provocaba su llegada entre el resto del personal, pero nunca lo había visto en persona. Lo único que había visto eran sus fotografías en las revistas del corazón.

Era muy atractivo. Alto y de anchas espaldas, con el cabello oscuro y un poco rizado, y unos ojos de mirada penetrante que se encontraban bajo unas cejas espesas.

Aunque no era del estilo de las estrellas de cine.

Tenía el rostro delgado, de expresión dura y atractiva, con una mandíbula prominente y una boca que hacía que al verla, Charlotte se estremeciera.

Las páginas de sociedad de los periódicos solían hablar de él y de la última mujer que había conquistado.

Hasta hacía unos meses, y a causa de tanto atractivo, Charlotte lo evitaba de manera instintiva.

Sin embargo, todo había cambiado. Conocerlo y estar junto a él era su único objetivo en la vida. Su misión.

En la última visita que él realizó y a pesar de que ella hizo todo lo posible, ni siquiera llegó a verlo. Cuando por fin se le ocurrió una excusa para subir a la planta de los altos ejecutivos, fue para descubrir que un minuto antes había salido hacia el aeropuerto.

En lugar de hacerla abandonar, su fracaso solo sirvió para reforzar su empeño.

Durante las semanas siguientes, mientras intentaba diseñar una estrategia para conseguir su objetivo, no dejó de leer los periódicos para aprender todo lo posible sobre él.

Era un empresario angloamericano de familia adinerada, conocido en el mundo de los negocios por sus habilidades y en el mundo exterior por su filantropía.

Un hombre del que se decía que trabajaba y jugaba duro. Daniel Wolfe era el centro de atención de todos los medios de comunicación de ambos lados del Atlántico.

De madre inglesa y padre norteamericano, había estudiado en Columbia y Cambridge, y nada más graduarse, se hizo cargo de la renqueante empresa de software de su padrino.

Cuando consiguió que la empresa alcanzara la estabilidad, compró otras empresas en la misma situación e hizo lo mismo con ellas.

A los treinta años recién cumplidos, era un multimillonario. Admirado. Envidiado. Temido. Respetado. A veces injuriado.

A pesar de todo, había conseguido mantener su vida privada en secreto. Así que, aunque Charlotte conocía su imagen pública, no sabía mucho de cómo era aquel hombre en realidad.

En un artículo publicado en *Top People*, lo describían como un soltero no arrepentido. Pero un soltero al que le gustaban las mujeres. Sobre todo las mujeres bellas.

Después de cada una de sus visitas a Londres, aparecían fotos suyas en los periódicos en las que siempre iba acompañado de una esbelta mujer rubia o pelirroja.

Maldita por ser el tipo de mujer que atraía a los hombres como si fuera un imán, Charlotte había deseado a menudo ser una mujer común. Eso le habría ahorrado muchas molestias y su vida habría sido mucho más sencilla.

Debido a la belleza de su cuerpo y de su

rostro, los hombre la habían perseguido desde que tenía quince años. Su insistencia no deseada había hecho que se ocultara tras una fría e impenetrable fachada que solo Peter había conseguido atravesar.

Y entonces había sido por los motivos equivocados.

Pobre Peter.

Pero si con su despreciada belleza podía atraer a Daniel Wolfe, merecían la pena todos los problemas que le había causado en el pasado.

Ella nunca imaginó que utilizaría su aspecto para atrapar a un hombre, pero saber que era el tipo de mujer que él buscaba la ayudó a decidirse.

Pero si lo que él buscaba eran relaciones casuales donde no intervenían los sentimientos, todo podría ser imposible.

Para tener éxito en lo que planeaba hacer, no solo tenía que conseguir que él la deseara, sino también que se enamorara de ella...

Cuando se abrió la puerta del despacho y entró el señor Telford, ella levantó la vista. Estaba un poco ruborizada y le ardían las mejillas, como si temiera que el señor Telford pudiera leer sus pensamientos.

El director ejecutivo se acercó a su escritorio y dijo:

–Charlotte, cariño, siéntate. Siento haberte hecho esperar. Me entretuvieron en la comida.

Charlotte se sentó frente a él y trató de parecer tranquila, como si el resultado de la entrevista no fuera muy importante para ella.

–¿Así que sigues interesada en trasladarte a Nueva York?

–Sí –confiaba en que no se notara lo nerviosa que estaba.

–¿Estás segura? Quizá signifique estar más en contacto con el señor Wolfe –era todo lo que podía decirle como advertencia.

–Completamente segura –contestó con firmeza.

Parecía como si hubiera decidido dejar atrás el pasado. Aliviado, el señor Telford le preguntó.

–¿Te importaría contarme por qué?

Charlotte esperaba esa pregunta y había ensayado la respuesta.

–Aparte del hecho de que la oportunidad de conocer en persona la tendencia del mercado estadounidense es muy valiosa, también será una buena oportunidad para comparar la manera de trabajar de los dos equipos. Tengo entendido que el equipo de Nueva York es muy preciso con sus predicciones. Pensé que podría aprender algo.

—Esa respuesta parece sacada de un libro de texto —comentó él con una sonrisa—. Aunque tenía la sensación de que tenías motivos personales para querer ese destino.

Ella se quedó de piedra. Parecía que él lo sabía todo.

—¿A que se refiere con motivos personales?

—¿No me dijiste una vez que te encantaría tener la oportunidad de vivir en Nueva York? —le preguntó.

—Sí. Así es... Me sorprende que lo recuerde. ¿El hecho de tener motivos personales me descalifica?

—Por supuesto que no. Solo el hecho de que quieras vivir allí te da más puntos —Charlotte suspiró aliviada—. En mi opinión eres la mejor candidata, aunque estoy seguro de que te echarán de menos en tu equipo. Te recomendaré ante el señor Wolfe.

—Eso es estupendo —le dedicó una gran sonrisa.

El señor Telford pestañeó y se alegró de ser un hombre felizmente casado. A pesar de que ella llevaba dos años trabajando para Wolfe International, su belleza nunca lo dejó indiferente.

—Si él está de acuerdo, y estoy seguro de que lo estará, se te cubrirán todos los gastos del viaje y podrás utilizar el apartamento de la empresa. ¿Sabes cuánto tiempo tardarás en organizarte para el traslado?

–Puedo estar preparada tan pronto como quieran.

«Cuanto antes mejor», pensó ella.

–Como solo quedan dos semanas para navidades, imagino que a mediados de enero estará bien. ¿Te causará algún problema dejar tu vivienda actual? Desde un punto de vista práctico, quiero decir.

–No. Comparto el apartamento con una vieja amiga del colegio. Carla no tendrá problema en encontrar a alguien mientras yo estoy fuera.

–Excelente... Entonces, en cuanto hable con el señor Wolfe te llamaré.

–Gracias –con las piernas temblorosas, Charlotte regresó a su despacho, en el departamento de Investigación y Análisis, y se sentó junto al escritorio.

Sus pensamientos eran caóticos. Pero había tenido éxito en el primer paso.

Siempre y cuando Daniel Wolfe no presentara ninguna objeción...

¿Pero por qué iba a hacerlo? Tim y ella tenían apellidos diferentes, y como estaba fuera del país cuando todo sucedió, no estuvo involucrada en nada, así que Daniel no podía saber que ambos estaban relacionados.

Charlotte se puso tensa una vez más al sentir que la rabia se apoderaba de ella.

Después de dejar la universidad, y el ambiente salvaje en el que se movía allí, Tim había dejado de comportarse de la manera irresponsable que tanto le preocupaba a ella.

Tras conseguir un trabajo en Wolfe International, gracias a la recomendación de Charlotte, y con el futuro asegurado, se había enamorado de Janice Jeffries, una joven rubia que trabajaba en el despacho contiguo.

Janice, estaba fascinada por el chico alto, de cabello claro y ojos verdes que tenía una irresistible sonrisa.

Al descubrir que la atracción era mutua, en muy poco tiempo decidieron irse a vivir juntos y planearon la boda para septiembre.

Como Charlotte había tenido que mantener a Tim, y no tenía mucho dinero, no se había tomado vacaciones desde que comenzó a trabajar en Wolfe International. Podía disponer de cinco semanas, así que cuando a Carla y a ella les ofrecieron un camarote en un crucero por las islas griegas, se marchó feliz y sin preocuparse por la joven pareja.

Todo sucedió cuando estaban de vacaciones. De repente. Y cuando les llegó la noticia y pudieron regresar de Atenas, era demasiado tarde.

Al parecer, para tratar de ahogar sus penas, Tim había ingerido un cóctel mortal de drogas y alcohol.

Ya lo habían enterrado.

No había nada que se pudiera hacer.

Aunque se dijo que había sido muerte accidental, la prensa contó una historia diferente. Al descubrir que había habido una pelea en uno de los despachos de Wolfe International entre el mismo Daniel Wolfe y el hombre fallecido, los periodistas se cebaron en la noticia.

Se enteraron de que la novia de Tim también estaba involucrada y sugirieron un posible triángulo amoroso que terminó en suicidio.

Charlotte se sentía culpable y se arrepentía de haberse marchado. Si hubiera estado en casa, todo habría sido diferente.

Si lo que se sugería en los periódicos era verdad, ella habría estado allí para ayudar a Tim, igual que había hecho durante los cinco últimos años...

Al ver que abrían la puerta del despacho se sobresaltó. Levantó la vista, con expresión seria.

—No estés nerviosa —le dijo el señor Telford con una sonrisa—. He hablado con el señor Wolfe y está encantado con mi recomendación. Solo hay una cosa; le gustaría que viajaras a los Estados Unidos cuanto antes, de manera que pudieras estar instalada allí antes de Navidad.

Charlotte se mordió el labio inferior para contener la repentina emoción que sentía.

–¿Quizá sea demasiado pronto? –preguntó el señor Telford–. Estoy seguro de que el señor Wolfe comprenderá que prefieras estar aquí, con tus seres queridos, en Navidad.

–No tengo seres queridos con los que pasar la Navidad. Ese es uno de los motivos por los que pedí el traslado –añadió ella.

Al recordar que Charlotte había roto su compromiso y lo que le había pasado a su hermanastro, el señor Telford se puso nervioso y disgustado.

–Perdóname, cariño. Me temo que he hablado sin pensar.

–No pasa nada –dijo con una sonrisa–. Seguro que las navidades en Nueva York serán maravillosas.

–Eso espero.

–Es muy amable.

–¿Y cómo lo ves en lo que al trabajo se refiere? ¿Crees que alguien podría ocuparse de lo que estás haciendo?

–No será necesario. Puedo terminar el informe que estoy haciendo esta misma tarde.

—Entonces, ¿cuándo crees que estarás lista para viajar?

—Lo único que tengo que hacer es empaquetar mis cosas, así que mañana podría estar lista... Si es que es posible conseguir un vuelo con tan poco tiempo.

—Nuestra empresa tiene muchas acciones en una de las compañías aéreas trasatlánticas, así que no debería haber problema. Le pediré a la secretaria del señor Wolfe que se encargue de todo. Ella te dará toda la información necesaria y te mandará un coche para llevarte al aeropuerto. Por supuesto, la empresa cubrirá cualquier otro gasto de viaje que sea necesario, y el sueldo de este mes se te ingresará en tu banco como de costumbre.

—Gracias.

Consciente de que ella lo había pasado muy mal, el señor Telford se volvió al llegar a la puerta del despacho y dijo,

—Te cuidarás, ¿verdad?

Aunque no era asunto suyo, no le gustaba el interés oculto que, al parecer, Daniel Wolfe tenía en lo que él sospechaba que había sido una jugada planeada.

Pero, sabiendo lo que Charlotte sentía hacia Wolfe, el sentido común le decía que era muy difícil que se pusiera en peligro.

Con una sonrisa, ella contestó:

–Por supuesto.

–Y no te olvides de volver con nosotros.

Durante un instante, dejó de sonreír. Ya se había enfrentado a la idea de que le resultaría imposible volver a trabajar en Wolfe International. Ese capítulo de su vida había terminado.

Aunque no consiguiera el éxito en su misión, habría llegado el momento de dejar atrás el pasado y continuar con su vida... Si podía.

«Pero tendré éxito», pensó. Tenía que tener éxito para que le mereciera la pena vivir el resto de sus días.

El autobús, con las ventanas cubiertas por una fina lluvia, se movía entre el denso tráfico de una tarde de jueves.

Cuando Charlotte se bajó en Belton Street y entró en su apartamento, parte de su emoción inicial se había disipado.

Y lo mismo había pasado con la confianza que sentía en sí misma.

Colgó el abrigo y la chaqueta del traje y entró en la cocina.

Carla estaba junto a los fogones. Con una mano removía una salsa aromática y con la otra metía espaguetis en una olla de agua hirviendo.

—Estoy haciendo espaguetis para cenar, ¿te parece bien? —le preguntó al verla. Después, sin esperar a que respondiera dijo—. ¿Qué ha pasado? ¿Lo has conseguido?

—Sí.

—¡Bien! ¿Y cuánto tiempo estarás fuera?

—No lo sé. Todo depende de cómo salgan las cosas. En el mensaje ponía seis meses, un año quizá... Pero espero regresar a casa mucho antes que eso. Supongo que vas a buscar a alguien para compartir el alquiler, ¿no?

Carla, que trabajaba en una boutique pequeña que tenía con Macy, otra amiga, negó con la cabeza.

—Lo dudo. No me hace falta, y no sé cómo me llevaría viviendo con alguien más. ¿Tienes idea de cuándo te vas?

—Mañana.

—¡Mañana! ¿Y por qué tan pronto?

—Quieren que esté allí antes de Navidad. No te importa, ¿verdad?

—Por supuesto que no me importa. Si te digo la verdad, Andrew ha estado insistiendo para que vaya a Escocia con él el día veintitrés. Su familia vive en Dundee.

—No me lo habías dicho.

—No era capaz de decidir si quería ir o no.

Al darse cuenta de que Carla no quería dejarla sola, Charlotte se sintió muy agradecida por tener una amiga tan fiel.

Como sabía que su amiga se sentía incómoda con cualquier muestra de sentimientos, le dijo sin más,

—Pero ahora irás, espero.

—Eso creo. Aunque la tienda va a tener mucho trabajo. Macy me ha propuesto quedarse un par de días sola a cambio de tener más tiempo libre en Año Nuevo —agarró un espagueti y lo aplastó entre el dedo índice y pulgar—. Ya están, así que voy a servir la mesa. Puedes contarme todos los detalles mientras cenamos, y después, te ayudaré a hacer las maletas. Menos mal que te convencí para que te compraras toda esa ropa en las rebajas de otoño... ¿Sabes qué? —continuó hablando mientras servía dos platos humeantes—, saca unas copas y nos beberemos una botella de vino para celebrarlo. Cuando le claves las uñas al señor Wolfe y se arrodille ante ti, beberemos champán.

—No creo que pueda seguir adelante con eso —admitió Charlotte.

—¡Por supuesto que puedes! Ese canalla tiene que recibir su merecido.

—Pero, aunque pudiera llamarle la atención, no creo que sea tan buena actriz como para fingir que me gusta un hombre que odio y detesto.

–Claro que lo eres. ¿No hiciste de mujer fatal junto a ese asqueroso Keith no sé qué cuando Sixth Form representó *Someone Like You?*

–Pero no es lo mismo...

–¡Puedes hacerlo!

–No estoy tan segura... La cosa es que, aparte de ser un hombre muy rico, Daniel Wolfe tiene mucho atractivo sexual, así que...

–¿Cómo sabes que tiene mucho atractivo?

–He visto fotos suyas en los periódicos.

–Las fotos de los periódicos pueden dar una impresión equivocada.

–Siempre tiene a una mujer agarrada a su brazo.

–Eso podría tener que ver con su dinero. Ya sabes lo que dicen sobre los millonarios... algunas mujeres los quieren aunque sea hombres bajitos, calvos y horrorosos.

–Él es alto y tiene mucho pelo. Además, es muy atractivo.

–Pero seguro que es bizco y tiene halitosis –dijo Carla.

Charlotte sonrió un instante.

–Bueno, por si acaso, espero no tener la oportunidad de acercarme a él. Pero lo que intento decir es que, aparte de rico, es listo e inteligente. Y no sé si soy capaz de atraer a alguien así.

Carla arqueó las cejas.

—Pero si llevas atrayendo al sexo opuesto desde que estabas en el colegio, y sin intentarlo.

—Pero Daniel Wolfe es diferente. Vive en otro mundo y tiene muchas mujeres entre las que elegir, así que puede que no le guste alguien como yo.

—Estará interesado en ti.

—¿Cómo puedes estar tan segura?

—Es hombre, ¿no?

—Sí.

—¿Y le gustan las mujeres?

—Casi seguro.

—Entonces, recuerda mis palabras: será pan comido.

Capítulo Dos

Charlotte estaba inquieta y no podía dejar de pensar, planificar y analizar la situación. Incapaz de relajarse, estuvo despierta la mayor parte de la noche. A la mañana siguiente, se levantó con los ojos hinchados y dolor de cabeza. Se cubrió con una vieja bata de franela.

Hacía un día gris y sombrío con algunos bancos de niebla. Su padre habría dicho que era uno de esos días oscuros antes de Navidad.

Cuando llegó a la cocina, Carla estaba vestida y preparando café con tostadas.

—Pareces algo que haya arrastrado el gato —comentó al verla.

—Me siento así —dijo Charlotte.

—¿No has dormido bien?

—No mucho.

—Tienes que hacerlo mejor que esto. Si Daniel Wolfe te viera así, correría a esconderse —mientras desayunaban, Carla comentó—. Creo que tu mejor baza será aprovecharte de su instinto protector, si es que lo tiene. Por mi experiencia sé que a la mayoría de los hombres le gusta que las mujeres sean un poco inocentes e indefensas.

–No estoy segura de poder hacerme la inocente y la indefensa –se quejó Charlotte.

–Inténtalo. Les alimenta el ego. Créeme.

–Te creo, pero...

–¿Hasta dónde piensas llegar? No piensas acostarte con él ¿no?

Al pensar en ello, Charlotte se estremeció.

–No, ¡claro que no!

–No es que te fuera a sentar mal un poco de diversión en la vida...

–Puedo pasar sin ese tipo de emociones.

–Bueno, si nos guiamos por su reputación, Daniel debe de ser muy bueno en la cama, y si yo fuera tú, no lo dejaría escapar.

–¿A un hombre como ese?

–En mi opinión, la vida es como un cuenco de cerezas, hay que escupir los huesos y disfrutar de la carne.

–Creo que no soy capaz –admitió Charlotte–. A veces me pregunto si hay algo malo en mí.

–Lo único malo que tienes es el orgullo. Y el orgullo es mala compañía. Pero un poco de precaución... Si tienes intención de seguir diciendo no, ten cuidado. No permitas que el gran Wolfe te pille a solas. Está claro que es un seductor nato y, nunca se sabe, si está acostumbrado a salirse con la suya, puede que se ponga pesado... –después de darle algunos consejos de última hora, Carla se acercó y le dio un rápido abrazo–. Tengo que irme. Los viernes siempre estamos muy ocupadas y tan cerca de Navidad seguro que estamos a tope. Ah, por cierto, he dejado tu regalo de Navidad en la estantería. No he tenido tiempo de envolverlo, así que puedes usarlo cuando quieras –desde la puerta, se volvió para decir–. Hablaremos pronto. Te echaré de menos.

Cuando Charlotte entró en el salón, encontró la elegante bolsa negra y dorada de la boutique en la estantería.

En ella había tres pares de medias de seda y un frasco de Dawn Flight, su perfume favorito.

Sonriente y agradecida por la generosidad de la otra chica, salió a comprar la trilogía de Carillon, que era lo que Carla quería.

Sabía que ya no se publicaba, pero después de buscarla durante semanas, Charlotte tuvo la suerte de encontrarla en una tienda de segunda mano.

Después de ducharse, se maquilló con cuidado y se recogió el cabello dorado rojizo en un moño. Se puso un traje de color verde salvia y una blusa beige y cerró la maleta.

Entonces, tensa e inquieta, se acercó a la ventana del apartamento.

Estaba contemplando la calle mojada cuando una limusina oscura con cristales tintados se detuvo junto a la acera.

Momentos más tarde, un chófer uniformado llamó a la puerta de la casa.

Charlotte se apresuró a abrir.

—Buenos días, señorita Michaels.

—Buenos días.

—¿Me permite que lleve su equipaje?

—Gracias.

Mientras el chófer agarraba la maleta, Charlotte cerró la puerta y metió la llave en el buzón, antes de seguir al hombre hasta la calle.

El chófer guardó la maleta en el maletero y después abrió la puerta de la limusina.

«Ni que estuviera recogiendo al mismo Daniel Wolfe», pensó ella, sorprendida por su eficiencia.

Había empezado a subir al coche cuando se percató de que un hombre de cabello oscuro y vestido con un traje gris estaba en el asiento.

Sorprendida, dio un traspiés y tropezó, de forma que cayó casi en su regazo y sus rostros quedaron muy cerca.

El hombre la ayudó a sentarse bien, recogió el bolso que se le había caído y se lo dio.

—Me temo que la he asustado —tenía una voz atractiva.

—No esperaba que... —cuando se percató de quién era su acompañante, se quedó sin habla.

«No puede ser».

Pero así era.

A pesar de que solo lo había visto en fotografías, reconocía su rostro carismático y la manera arrogante que tenía de inclinar la cabeza.

En persona era mucho más sexy de lo que pensaba, y Carla estaba equivocada. Tenía el aliento fresco y dulce y la miraba con unos ojos de color gris plata bien alineados.

Charlotte sintió que se le aceleraba el corazón y que le costaba respirar.

Ella estaba mirándolo fijamente a los ojos cuando él le recordó con educación:

—No olvide de abrocharse el cinturón, señorita Michaels.

Pero era como si se le hubiera detenido el cerebro y no pudiera ordenar a sus manos que se movieran de manera coordinada. Tras un par de intentos fallidos, él se inclinó y le abrochó el cinturón.

A medida que el coche se alejaba de la acera, Daniel sintió ganas de levantar los brazos en señal de victoria. Después de todos esos meses de espera, allí estaba Charlotte, sentada junto a él.

De cerca, era despampanante. Tenía la piel impecable, y no era pálida como muchas pelirrojas. ¡Y aquellos ojos! Daniel había hecho apuestas consigo mismo acerca del color de sus ojos. Había decidido que le gustaría que los tuviera azules. Sin embargo, aquel precioso verde claro hacía que se le cortara la respiración.

No era la primera vez que se arrepentía de lo que había sucedido. Eso podía significar que fuera imposible llegar a cualquier lado con aquella maravillosa mujer.

Aunque ella lo miraba de manera que lo hacía sospechar que ya sabía quién era él, decidió arriesgarse y sacar el tema.

–Supongo que será mejor que me presente. Soy Daniel Wolfe –dijo, y le tendió la mano. Como si fuera un sueño, Charlotte la aceptó. Tenía la palma fría y seca, y su agarre era firme. De pronto, Charlotte retiró la mano, antes de que él le dijera–. Encantado de conocerla, señorita Michaels.

Asombrada por ese inesperado encuentro, ella no contestó. Se sentía como si no pudiera mantener el control de la situación. Lo único que podía pensar era que era demasiado pronto. No estaba preparada.

Al ver que ella permanecía sentada, pálida e impasible, Daniel contuvo la respiración.

Si ella había creído una mínima parte de lo que había dicho la prensa, tenía motivos para no querer ni verlo y, a veces, él se había preguntado cómo reaccionaría ella cuando se encontraran cara a cara.

Una vez llegado el momento, solo podía esperar a escuchar sus recriminaciones.

Pero, al parecer, paralizada por el inesperado encuentro, ella permanecía en silencio.

Soltando el aire despacio, Daniel continuó hablando.

—Puesto que viajamos el mismo día pensé que lo mejor era que compartiéramos el coche hasta el aeropuerto...

Charlotte, que había tratado de permanecer serena, pronunció lo primero que se le pasó por la cabeza.

—No tenía ni idea de que estaba en Londres... Por eso me he quedado tan sorprendida cuando se presentó.

—Tengo la sensación de que usted ya sabía quién era yo antes de que me presentara.

—Sí, lo sabía —admitió ella.

—Pero nunca nos hemos conocido.

—No.

—¿Deduzco que me ha visto en la oficina?

–No.

–¿En algún acto social?

–Dudo que nos movamos en el mismo círculo social.

–Esto es mejor que el Veo Veo.

–¿Perdón?

–De pequeño solía aburrirme cuando viajaba en coche. Mi madre trataba de que me entretuviera leyendo un cuento, pero al mirar hacia abajo me mareaba, así que siempre jugábamos al Veo Veo. Solo comentaba que este juego de adivinanzas es aún mejor.

Disgustada porque se estuviera riendo de ella, dijo:

–He visto fotos suyas en el periódico.

Pero las fotos no tuvieron ese impacto. Las fotos no la habían preparado para enfrentarse a aquel hombre.

–Justo cuando se ponía emocionante, va y lo estropea.

–Bueno, siempre podemos jugar al Veo Veo.

Tan pronto como terminó la frase, se arrepintió de sus palabras. Se suponía que tenía que tratar de camelarlo, y no de cortarlo sin más.

No podía permitirse herir sus sentimientos. Como la mayoría de los hombres tendría un ego frágil y poco sentido del humor.

Pero medio segundo más tarde comprobó que estaba equivocada. Daniel soltó una carcajada y dijo:

–He de admitir que hoy en día prefiero los juegos de adultos.

–Eso ya lo sé –había tenido la prueba trágica que de le gustaban esa clase de juegos y deseaba arañarle la cara hasta verlo sangrar.

Arrepentido por el comentario jocoso que había provocado una gélida respuesta, Daniel permaneció muy quieto, mirándola fijamente y preparándose para lo peor.

Pero, avergonzada por ese instinto primitivo de violencia y recordándose que para tener éxito en su misión, él no debía saber que tenía relación con Tim, Charlotte controló la rabia.

Haciendo un gran esfuerzo, añadió en tono desenfadado:

–En cada foto aparece con una mujer diferente del brazo, y en la prensa se refieren a usted como un soltero cotizado con muchas muescas en el cabecero de la cama.

–A veces, los artículos han rozado la calumnia. Siempre he detestado ese tipo de periodismo.

–¿Entonces, no fue usted quien dijo: Nada de publicidad es mala publicidad?

Contento por el aparente cambio de humor, contestó con una sonrisa:

—¿Usted qué cree? —su sonrisa mostraba la blancura de sus dientes y al sonreír se le formaban dos arrugas en el contorno de la boca. Todo ello hacía que el rostro pareciera más atractivo. Era muy consciente de su magnetismo sexual, aunque lo odiaba por ello, Charlotte sonrió también. Le resultó más fácil de lo que creía. Al parecer, era mejor actriz de lo que pensaba—. Me temo que la relación que tengo en la actualidad con la prensa deja mucho que desear. Después de que en un par de conferencias de prensa me preguntaran lo que pensaba acerca del periodismo moderno, y de que dijera que creo que algunos periodistas no solo adornan la verdad, sino que inventan lo que no saben, han ido por mí sin miramientos.

—¿Son mentiras?

—A menudo sí —dijo él—. Aunque no voy a fingir que vivo como un monje, muchas de esas historias son eso, historias. Pero por desgracia, cuando se lanzan mentiras, algunas calan entre los lectores.

—¿Pero sí fue el chico de oro de la prensa?

—Lo fui hasta que me mostré poco cooperativo... Algo de lo que nunca podré acusarla a usted —cambió de tema con delicadeza—. Espero que tener que hacer el traslado tan pronto no le haya causado problemas.

–No, para nada.

–¿No deja a nadie especial en Londres? ¿Un novio, quizá?

–No.

Complacido por haber confirmado los informes de Sheering, Daniel continuó:

–¿Y cómo se las ha arreglado con el piso?

–El piso es alquilado y lo compartía con una amiga del colegio, así que no ha habido problema.

–La mayor parte de la gente se mostraría reacia a que los separaran de la familia en Navidad.

–No tengo familia con quien compartir la Navidad.

Él esperó.

Al ver que no mencionaba a su hermanastro, Daniel se preguntó por qué. Aunque fuera su jefe, no podía creer que no tuviera las ganas, o el valor, de enfrentarse a él.

Estaba dispuesto a decirle lo mucho que se arrepentía por lo que había sucedido, y a explicarle su versión. Le hizo una serie de preguntas para darle la oportunidad de que sacara todo al aire. Al ver que ella no entraba en el juego, supuso que por algún motivo, ella había decidido no decir nada.

Aunque él hubiera preferido enfrentarse

al tema, si ella había decidido dejar atrás el pasado, al menos en esos momentos, tendría que aceptarlo.

Charlotte se sentía un poco más segura de sí misma tras haber contestado a sus preguntas con aparente tranquilidad.

A pesar de que sabía que a lo mejor no volvía a presentársele una oportunidad como aquella y que debía aprovecharla al máximo, no se le ocurría nada gracioso que decir, nada que pudiera hacer que sintiera interés por ella.

Cuando el silencio se hizo demasiado largo, Daniel le preguntó:

–¿Ha estado más veces en Nueva York?

Aliviada por el cambio de tema, ella contestó:

–No, nunca, aunque siempre he deseado ir.

–Espero que disfrute de la experiencia.

–Estoy segura de que será así –entonces, al ver la posibilidad de seguir con la conversación, le preguntó–. ¿Y cómo es, vivir en Nueva York?

–Está superpoblado, y el tráfico es una pesadilla. El verano es caluroso y polvoriento, y el invierno frío, crudo y nieva mucho. Como en la mayoría de las ciudades hay mucha delincuencia, penurias y bichos raros. Pero en el pasado siempre ha sido una ciudad viva y vibrante. Sinónimo de emocionante. Hoy en día es como un viejo perro, que aunque haya sido gravemente herido, sigue siendo valiente y bonito. Y se dará cuenta de que la mayoría de los neoyorquinos son estupendos. Tienen el mismo tipo de espíritu indomable que los londinenses. Siempre he creído que Nueva York era un lugar maravilloso para vivir, y que no me gustaría vivir en ningún otro sitio. Aunque soy consciente de que soy uno de los afortunados, con una casa en una zona tranquila y un coche con chófer. Cuando hace mucho calor y humedad puedo marcharme a las playas de Long Island, y cuando la nieve está sucia y medio derretida puedo ir a pisar la nieve virgen de los Catskills.

–Suena idílico.

–Como he dicho antes, soy uno de los afortunados.

Al ver que ella no decía nada más, él guió la conversación hacia las noticias más recientes y hasta que llegaron al aeropuerto hablaron de lo que estaba sucediendo en el mundo.

Cuando la limusina se detuvo frente a la puerta de «salidas», Charlotte se percató de que había perdido la oportunidad de causarle buena impresión a Daniel Wolfe. En cuanto el chófer bajara su equipaje, ella y su acompañante se separarían.

Esperaba que al menos le hubiera causado suficiente impacto de forma que él retomara el contacto para preguntarle cómo le iban las cosas en Nueva York.

Pero después de darle las gracias y de decirle adiós, él le dijo:

—Quédese conmigo, señorita Michaels.

—Tengo que ir a recoger mi billete.

—Ya se han ocupado de eso. Los dos volamos en el mismo avión.

Antes de que ella pudiera reponerse de su asombro, él colocó una mano en su espalda y la guió como si fuera una colega y no una empleada. Caminaba a paso largo y ella tuvo que apresurarse para poder ir al mismo ritmo que él.

Enseguida descubrió que viajar con Daniel Wolfe era una experiencia completamente nueva. Ir en clase VIP les facilitaba las cosas.

Les ofrecieron una taza de café antes de embarcar y de mostrarles sus asientos de primera clase.

Charlotte estaba estupefacta. ¿Seguro que había sido pura coincidencia? Le echó una mirada fulminante.

Él arqueó una ceja.

—¿Ocurre algo?

—No... Solo que no pensaba que... quiero

decir, no esperaba que fuéramos en el mismo avión, y menos que nos sentáramos juntos.

–Espero que no le moleste tenerme junto a usted durante el vuelo.

–No, por supuesto que no. Solo estoy sorprendida.

–Puesto que viajábamos el mismo día, le dije a mi secretaria que reservara dos asientos contiguos. La idea de viajar acompañado me gustaba. Y espero que a usted también.

–Por supuesto –le aseguró Charlotte con su mejor sonrisa.

También le gustaba el lujo con el que viajaban.

Acostumbrada a volar en la clase más económica, estaba asombrada por lo cómoda y espaciosa que era la zona de primera clase.

A pesar de los nervios, casi tan pronto como el avión despegó, ella tuvo que ahogar un bostezo.

–¿Está cansada? –preguntó él.

–Anoche no dormí muy bien –admitió ella.

–¿Estaba sobreexcitada?

–Probablemente.

–Entonces, ¿por qué no se duerme una siesta antes de comer?

–Suelo quedarme dormida en los coches y en los autobuses, pero nunca en los aviones.

—¿Por algún motivo en especial? —preguntó él mientras se quitaba la chaqueta.

Sin tener intención de hacerlo, Charlotte se encontró contándole la verdad.

—No consigo relajarme. Nunca me siento bien volando. Mi padre murió en un accidente de avión.

—Lo siento. ¿Hace cuánto tiempo?

—Seis años.

—Lo siento. ¿Y su madre?

—Mi madre murió cuando yo era bastante pequeña y mi padre se casó de nuevo.

—Una muerte como esa debió de resultarle muy dura, a usted y a su madrastra.

—A mi madrastra no le importó demasiado.

—Ah.

—Estaba liada con otro hombre cuando sucedió —él la miró a los ojos. Aunque no tenía intención de contarle más cosas, Charlotte continuó—. Él era un ejecutivo de una compañía petrolera y apenas un mes después del entierro de mi padre, ella se casó con él y se fue a vivir a Oriente Medio.

Daniel esperó a que continuara. Sabía que por aquel entonces, Tim Hunt debía de haber sido muy joven. Pero una vez más, ella no mencionó a su hermanastro.

—Imagino que por aquel entonces usted debía de estar en la universidad.

–Sí, así es –dijo Charlotte, preguntándose por qué le había contado tantas cosas.

Al ver que ella no quería seguir con la conversación y que bostezaba de nuevo, le dijo:

–Creo que ha llegado el momento de la siesta –Daniel ajustó el ángulo de los asientos de forma que estuvieran cómodamente reclinados y atrajo a Charlotte hacia sí–. Apoye la cabeza en mi hombro –le colocó la cabeza entre la unión del pecho con el hombro y añadió–, Yo la mantendré a salvo.

Durante un instante, ella se quedó muy quieta, como si su corazón y su respiración se hubieran detenido.

Después, sintió ganas de separarse de él y gritar: ¡Mántengase alejado de mí, canalla!

Pero lo último que debía hacer era mostrar sus verdaderos sentimientos. Tenía que seguir actuando.

Recordó el consejo que le había dado Carla y supo que debía de acurrucarse junto a él, actuando como si fuera inocente e indefensa, pero no se sentía capaz de hacerlo.

Al sentir el fresco olor de su camisa y el aroma masculino de su loción de afeitar, lo único que pudo hacer fue quedarse quieta, con cada músculo de su cuerpo en tensión.

–Relájese –le indicó él.

Pero ella sabía que era imposible relajarse

ante esa potente masculinidad y sintiendo la seguridad y la fuerza de su brazo rodeándola.

Sin embargo, al cabo de un rato, se quedó dormida.

Cuando por fin despertó, no sabía dónde estaba, ni quién la tenía abrazada.

–¿Se encuentra mejor, señorita Michaels? –le preguntó una dulce voz masculina.

–Sí, gracias –murmuró ella.

Mirando sus ojos verdes adormilados, le dijo:

–¿O puedo llamarla Charlotte...?

–Por favor –contestó ella de manera automática mientras trataba de sentarse.

–De algún modo, tengo la sensación de que observarte mientras dormías ha hecho que nuestra relación se volviera... algo más personal –ruborizada al imaginarse a Daniel Wolfe viéndola dormir, se separó de él. Daniel retiró el brazo y continuó–. Debías de estar agotada. Has dormido casi dos horas.

Ella miró el reloj y vio que decía la verdad.

–Lo siento. No te he hecho mucha compañía.

En realidad, él había disfrutado de la oportunidad de abrazarla en silencio y de observarla mientras dormía.

Cuando Glenda, su hermana más joven, se casó y se convirtió en madre, le comentó que ella y su marido pasaban mucho rato observando al recién nacido.

Daniel sabía qué era lo que su hermana quería decir con aquellas palabras.

Al contemplar el precioso cabello de Charlotte, sus cejas sedosas y las pestañas oscuras, él sintió un fuerte deseo.

Después, al ver cómo su boca se curvaba ligeramente hacia abajo, como si se hubiera olvidado de ser feliz, sintió una extraña mezcla de ternura y deseo.

Y al ver su cara de verdadera preocupación, le dijo:

—No hay nada que sentir, te los aseguro.

Charlotte suspiró y se colocó un mechón que se le había soltado del moño. Estaba enfadada consigo misma porque debería haber utilizado ese tiempo para entretenerlo, y no para dormir.

Una vez que llegaran a Nueva York y se separaran, sería demasiado tarde...

—¿Te apetece algo de comer? —la voz de Daniel irrumpió en sus pensamientos. Charlotte asintió. De pronto, se sentía hambrienta—. ¿Qué te apetece? —le tendió el menú y, al verla dudar, le preguntó—. ¿Algún problema?

—Solo estoy asombrada por la variedad de platos —admitió—. Suelo viajar en la clase más económica.

–Ah, sí. Lo recuerdo muy bien.

–¿De veras? –no consiguió ocultar su sorpresa.

–Después de graduarme, para ver qué quería ser, pasé un par de años viajando por el mundo. A veces tenía tan poco dinero que incluso esas horribles bandejas de plástico eran bienvenidas...

Durante la comida hablaron sobre los viajes que él había hecho y los lugares que había visitado.

–¿Has viajado mucho? –le preguntó Daniel.

–No tanto como me hubiera gustado.

–¿Incluso a pesar de que no te gusta volar?

–No habría permitido que eso me detuviera. Tenía pensado dar la vuelta al mundo cuando terminara la universidad pero... –se calló de golpe.

–¿Pero?

–Tenía compromisos –todavía se sentía desolada cuando pensaba en Tim. Pobre Tim. Y todo había sido culpa de aquel hombre.

Una ola de odio y rabia la invadió por dentro.

Observándola, Daniel esperó.

Al ver que no decía nada, le preguntó:

–¿Hay algún sitio en particular al que todavía te gustaría ir?

Charlotte respiró hondo y contestó:

–A muchos sitios. Pero hasta principios de este año, Carla, la chica con la que compartía el piso, ha estado encendiendo velas por mi economía.

–Hablas como si no te pagáramos lo suficiente.

–Como he dicho antes, tenía compromisos.

«Parece que Sheering tenía razón cuando sugirió que Charlotte había mantenido a su hermanastro», pensó Daniel y, una vez más, esperó, confiando en que ella continuara.

Pero su rostro tenía esa expresión fija y esa mirada controlada que él empezaba a reconocer y decidió cambiar de tema.

Se puso a hablar de las finanzas internacionales y de cómo afectaban a los negocios. Al cabo de un rato, ella también tomó parte en la conversación. De las finanzas pasaron a hablar del calentamiento del planeta y de la conservación de los recursos naturales. En todo momento, Daniel observaba sus reacciones y le preguntaba sus opiniones, lo que, para sorpresa de ella, a menudo coincidían con las de él.

Si salía un tema en el que ella destacara más que él, Daniel reconocía su superioridad sin problema.

Estaba acostumbrada a que la menospreciaran los hombres de su equipo, quienes al parecer, pensaban que la inteligencia y la belleza eran dos cosas incompatibles, y le parecía estimulante que la tomaran en serio y la trataran como una igual.

Cuando llegaron a Nueva York y el avión aterrizó en el aeropuerto JFK, ella casi había olvidado el motivo por el que estaba allí.

Casi.

Una vez más, Daniel Wolfe se ocupó de todo. En muy poco tiempo habían cumplido con las formalidades y su equipaje lo habían trasladado hasta una limusina que los estaba esperando.

Charlotte se sorprendió al ver que una fina capa de nieve cubría las calles y que el sol brillaba en el cielo.

Mientras atravesaban el barrio de Queens, que parecía ser un barrio residencial, ella preguntó:

—¿Está muy lejos?

—A unas quince millas del centro de Manhattan. Tardaremos sobre una hora, dependiendo del tráfico que haya.

Aunque era consciente de que debía aprovechar hasta el último minuto, a Charlotte no se le ocurría nada que decir, así que se puso a mirar por la ventana.

A Daniel se le había pasado la emoción inicial y estaba contento con solo tenerla a su lado.

Horas antes, en el avión, el deseo de estrecharla entre sus brazos había sido tan fuerte que había mandado la precaución al traste.

Durante un momento se había sentido rechazado y, esperando lo peor, se había preparado para que lo rechazara abiertamente.

Al ver que no sucedía se había quedado complacido y asombrado. O bien ella había decidido perdonar y olvidar o estaba jugando su propio juego.

Fuera lo que fuera, parecía que, al menos a corto plazo, la vida iba a dejar de ser aburrida.

Capítulo Tres

A medida que se acercaban a Manhattan Charlotte contuvo la respiración al ver la vista de la ciudad.

–¿No es maravilloso? –exclamó.

–Lo mismo creo yo –convino él.

–Creía que sabía lo que me iba a encontrar, pero no me imaginaba nada como esto.

Contento y aliviado al ver que a ella le gustaba la ciudad, Daniel dijo:

–Nueva York tiene aspectos diferentes y siempre puede sorprender, incluso a la gente que vive en la ciudad. Ese es uno de los motivos por los que me gusta vivir aquí.

Su comentario le recordó que había cosas que no tenía claras y le preguntó:

–¿A lo mejor puedes decirme dónde voy a vivir? El señor Telford me habló de un piso de la empresa, pero no tengo ni idea de dónde está.

–El piso de la empresa está en nuestra sede en el edificio Lloyd Wolfe, en Uptown, por Central Park East.

–¿Ahí es donde vives?

–No. Yo vivo en Lower Manhattan.

–¡Oh! –habría sido mejor si viviera en el mismo edificio que ella.

–Pareces decepcionada.

–Para nada. Es solo que por algún motivo esperaba que tuvieras un ático en Fifth Avenue.

–Lo tuve durante un tiempo, pero no me gustaba, así que me mudé... ¿Seguro que no estás decepcionada?

–No, por supuesto que no. ¿Por qué iba a estarlo? –entonces, al ver que no estaba convencido, añadió–. Solo estoy sorprendida. No puedo imaginar que haya alguien a quien no le guste vivir en Fifth Avenue.

–En cierto modo, me gustaba, pero además de ser algo común y corriente, el ático siempre me parecía un lugar impersonal. Como vivir en un hotel. Ahora tengo una casa que es diferente, además de tener un toque muy personal. Está en una zona que se conoce con el nombre de The Villages.

–¿The Villages? –repitió ella.

–Es una serie de vecindarios que están al oeste de Broadway.

–¿Eso no está muy lejos de la sede?

–No demasiado, en linea recta.

–¿Y vas todos los días?

–Sí, a menos que esté en viaje de negocios.

–¿Y no te importa el tráfico?

—Por supuesto, pero ir en un coche con chófer ayuda mucho a mejorar la situación.

—¿Es ahí donde trabajaré yo?

—Sí.

—Bien, si vivo en el mismo lugar del trabajo no tendré que viajar mucho —dijo ella con una sonrisa.

—Por desgracia, como todo ha sido tan repentino, el piso de la empresa sigue ocupado.

—Ah...

—Debería quedar vacío en los próximos dos o tres días. Entonces, podrás mudarte e instalarte antes de Navidad. Entretanto, he pensado que podrías quedarte en mi casa.

—¿En tu casa? —repitió ella. Sabía que debía mostrarse agradecida, pero en aquel momento estaba horrorizada.

—Como la mayoría de las ciudades, Nueva Yorkk puede ser un lugar solitario e inquietante. Sobre todo, si uno está solo y no conoce el lugar. Así que, en lugar de buscarte un hotel, pensé que podrías utilizar la habitación que solía utilizar mi ama de llaves. Tiene todo lo necesario. A menos, que tengas alguna objeción acerca de vivir en mi casa durante unos días.

—Bueno... No.

—Pensaba que quizá la prensa te hubiera convencido de que ninguna mujer está a salvo a mi alrededor.

«No necesito que me convenzan», pensó Charlotte. Ya sabía que era un mujeriego implacable.

—No me creo todo lo que leo —dijo con frialdad.

—En ese caso, ya está todo dicho.

—Gracias.

—Es un placer, te lo aseguro —sonrió mirándola a los ojos, un mensaje personal que enfatizaba el hecho de que estaba interesado en ella como mujer y no como una mera empleada.

Sonriendo, Charlotte decidió que las cosas estaban saliendo tal y como ella esperaba. Gracias a que el piso de la empresa estaba ocupado, tendría varios días para estar con Daniel y conseguir que él estuviera cada vez más interesado en ella.

Daniel seguía mirándola fijamente y, por miedo a que pudiera leer sus pensamientos, Charlotte se apresuró a decir:

—¿No vas a hablarme sobre The Villages?

—Es un sitio estupendo para vivir, con restaurantes de primera, buen teatro y gran variedad de vida nocturna. El mejor, sin duda, es Greenwich Village, con Washington Square en el centro...

Estuvo hablando sobre The Villages y su

historia hasta que llegaron a una zona en la que las calles ya no se distribuían en cuadrantes, sino que tenían aspecto de calles de pueblo pequeño.

En la principal había boutiques, cafés, librerías y galerías de arte. Era bulliciosa y estaba llena de gente comprando regalos de Navidad.

La nieve estaba amontonada en los bordes de las aceras, como pequeñas montañas, y a pesar de que hacía sol, de los alféizares colgaban carámbanos de hielo.

Las tiendas estaban decoradas con luces, espumillón, figuritas de Papá Noel y demás motivos navideños.

Abandonaron la calle principal y llegaron a una zona residencial más tranquila. Una vez allí, se dirigieron hasta Carver Street.

Era una calle sin salida que tenía árboles nevados a cada lado y casas de piedra rojiza.

Al final había una pequeña casa de tres plantas con un tejado inclinado y aleros voladizos.

Estaba hecha de ladrillos de color rosa y azul colocados en forma de espiga y el jardín estaba rodeado por un muro alto de ladrillo.

Cinco escalones con una barandilla de hierro en el lado derecho, llevaban hasta la puerta principal, que tenía un farol de hierro forjado para alumbrarla.

A cada lado de la puerta había dos ventanas altas con la parte superior en forma de arco. Sobre la aldaba de bronce colgaba una corona navideña con un lazo rojo.

Todo era tan inesperado que Charlotte quería pellizcarse para asegurarse de que no estaba soñando.

–Aquí es donde vivo –le dijo Daniel–. Como ves, es bastante pequeña.

En una ciudad como Nueva York, aquella pequeña casa debía parecer algo incongruente, pero por algún motivo, la serenidad que transmitía hacía que perteneciera al lugar casi tanto como la Estatua de la Libertad.

El chófer se bajó para abrir la puerta del coche.

–Gracias, Perkins –Daniel bajó primero y, al pisar la nieve, se volvió para darle la mano a Charlotte–. Ten cuidado no resbales.

Ella escuchó su consejo y bajó con mucho cuidado.

El sol había desaparecido, el cielo era de color gris y el aire helado.

Con la excusa de que el suelo estaba resbaladizo, Daniel rodeó a Charlotte por la cintura para atravesar la acera y subir los escalones de la entrada.

Durante un instante, ella tuvo la peligrosa

ilusión de que alguien estaba cuidando de ella.

Daniel sacó una llave de hierro del bolsillo, abrió la puerta y se echó a un lado para que ella pudiera pasar.

–Bienvenida a The Lilies –dijo él.

–Gracias –Charlotte se limpió los pies en el felpudo y entró.

Daniel la siguió sintiéndose lleno de júbilo. Por fin, la mujer que llevaba tanto tiempo deseando estaba en su casa y no podía esperar para llevársela a la cama.

Pero no debía precipitarse. En el pasado, nunca le había importado si una mujer lo rechazaba, siempre tenía a otra en perspectiva, pero Chartlotte Michaels era diferente, y esa vez sí que le importaba.

Mientras Daniel cerraba la puerta, Charlotte miró alrededor del salón con genuino placer. Estaba decorado al estilo antiguo y era muy acogedor. Las paredes estaban empapeladas con papel de época y tenían unas cornisas de escayola con forma de lirios.

Había pocos muebles, todos antiguos. El suelo era de madera de roble y, en el lado derecho, había una bonita escalera que llevaba hasta el segundo piso.

El fuego ardía en una chimenea de cerámica azul adornada con una corona de lirios, y frente al hogar, una gruesa alfombra de piel de oveja.

Muy cerca había un cesto ovalado lleno de troncos, una mesa de café hexagonal, un sillón de orejas y un sofá tapizado de terciopelo dorado y con un montón de almohadones.

Entre las dos ventanas había un bonito árbol de Navidad. Era de verdad y Charlotte podía oler el fuerte olor a resina.

Los techos eran bajos, como las puertas, y a Charlotte, todo le parecía más pequeño de lo normal.

Le recordaba a una casa de muñecas.

Miró al hombre que tenía a su lado.

Alguien tan grande y masculino como Daniel Wolfe debería quedar fuera de sitio en aquella casa. Pero por algún motivo, no era así. Era como si perteneciera a aquel lugar.

Estaba a punto de hacer un comentario al respecto cuando se abrió una puerta que había al final de la habitación y apareció una mujer de mediana edad, con las mejillas sonrosadas y el cabello cano.

Iba vestida con unos pantalones azul oscuro, un jersey rojo, un par de botas y una gorra de hombre, y llevaba un cordel y unas tijeras en la mano.

Si hubiera llevado el sombrero adecuado

habría pasado por un gnomo de jardín.

La mujer sonrió y se dirigió a Daniel:

—Siento no haber estado aquí para abrir la puerta. Estaba en el jardín atando las plantas que estaba tumbando la nieve. Me di cuenta de que había regresado porque vi a Perkins guardando el coche. ¿Qué tal el vuelo?

—Estupendo, gracias —dijo él—. Charlotte, esta es mi ama de llaves, la señora Morgan...

—Hola —dijo Charlotte con una sonrisa.

—Kate, esta es la señorita Michaels.

—Encantada de conocerla, señorita Michaels —contestó Kate—. Todo está preparado para usted, ¿quiere que la acompañe arriba?

—Yo le enseñaré la casa a la señorita Michaels, si quieres retirarte —sugirió Daniel—. Debes de tener mucho por hacer.

—Así es —dijo el ama de llaves—. No he terminado mi compra de Navidad, y todo está tan lleno de gente... ¿Necesita algo antes de que me vaya?

—Un poco de té, quizás.

—La pava está en el fuego, así que lo prepararé antes de salir —se marchó con una sonrisa.

—No hay mucho que ver —le dijo Daniel a Charlotte—, pero te lo enseñaré antes de tomarnos el té —abrió una puerta de doble hoja que había a la izquierda—. Este es el comedor, aunque apenas se utiliza. Cuando

estoy en casa prefiero comer en la cocina...
–el comedor tenía el mismo tipo de chimenea y un reloj en la repisa. Todo el mobiliario
pertenecía al siglo pasado–. Y junto a él está
mi estudio biblioteca... –era una habitación
llena de libros, con muebles cómodos y una
chimenea encendida. Lo único que había del
siglo veintiuno era el equipo informático que
estaba sobre el escritorio cubierto de cuero–.
Aparte de la cocina, no hay mucho más –dijo él con tono animado–. Como te dije, no es
muy grande –la llevó hacia la parte trasera de
la casa y le mostró unas escaleras de madera–. Esta solía ser la escalera que utilizaba el
servicio.

–No parece que haya mucho espacio para
el servicio –dijo ella.

–Hubo un tiempo en el que la planta de
arriba y parte de las habitaciones del ático
eran para el servicio. Desde que yo vine a vivir aquí no se han usado, o sirven para guardar cosas.

–Pero todavía tienes sirvientes.

–Solo dos –ella frunció el ceño. Aunque
aquella casa debía haberle costado una fortuna, parecía que Daniel Wolfe vivía de manera muy sencilla. Nada de lo que había leído
en los periódicos sobre su estilo de vida coin-
cidía con lo que estaba viendo en persona–.

Aparte de Kate –continuó él, acompañándola hasta la cocina–, solo está el chófer, y él tiene su apartamento encima de lo que solía ser el establo y que ahora se usa de garaje.

La cocina era agradable. Tenía una mesa de roble con sillas a juego y una chimenea que estaba encendida. A primera vista parecía una cocina de cien años atrás, pero Charlotte se fijó en que tenía todos los electrodomésticos modernos necesarios.

Junto al fuego había un par de sillas y una mesa bajita en la que había una bandeja con platos y tazas de té.

La señora Morgan había cumplido su palabra.

–¿Te apetece un té? –preguntó Daniel.

–Por favor –contestó ella. De pronto, se percató de que era la primera vez que estaban a solas y sintió ganas de salir huyendo.

–¿Leche y azúcar?

–Solo leche, por favor.

Al ver que se movía de un lado a otro, Daniel le dijo:

–¿Por qué no te sientas?

Ella obedeció y él se sentó a su lado y comenzó a servir el té.

Mientras observaba sus manos estilizadas haciendo lo que ella siempre había pensado que era una tarea de mujer, se maravilló por su masculinidad.

Eran unas manos fuertes, con dedos largos y uñas bien cortadas. Unas manos habilidosas. Unas manos que sabían cómo complacer a una mujer.

Charlotte se estremeció al imaginarlas moviéndose con delicadeza sobre su cuerpo desnudo. Imaginaba el placer que podía proporcionarle al acariciarla...

–Aquí tienes –dijo él, y le tendió una taza.

–Gracias –murmuró ella, y lo miró a los ojos.

Con los ojos brillantes, él sonrió un poco, como si lo supiera todo sobre su fantasía erótica.

Charlotte intentó convencerse de que no podía ser, pero estaba segura de que él tenía demasiada experiencia como para no distinguir el deseo en estado puro cuando lo viera. Sintió que su rostro se ruborizaba.

«¡Maldita sea!» Si Daniel no había adivinado sus pensamientos, lo haría en aquel momento.

Colorada como un tomate, mirando a todas partes menos a Daniel, ella se preguntaba horrorizada cómo podía pensar esas cosas sobre el hombre al que odiaba.

No era su estilo fantasear sobre el sexo, sino todo lo contrario.

Como Carla le había dicho alguna vez, era una mujer reprimida, como solo alguien de pocas ideas podía serlo.

–Si no empiezas a tener vida sexual, te convertirás en una virgen marchita antes de los treinta –le había dicho Carla.

Quizá fue esa amenaza lo que le hizo empezar a salir con Peter. Pero no funcionó. Cuanto más cerca quería estar él, más se alejaba ella. Peter la había llamado fría e indiferente, y la había acusado de ser una mujer desapasionada.

Ella tomó la decisión de dejarse llevar pero, incluso con un anillo de compromiso en el dedo, le resultó imposible.

Y allí estaba, ¡imaginándose con Daniel Wolfe en la cama!

Tratando de no pensar más en ello, Charlotte intentó mantener la compostura mientras se bebía el té y miraba a su alrededor.

A cada lado de la robusta puerta trasera había una ventana que daba al jardín.

En la gran extensión de césped cubierto de nieve, se podían ver las huellas de un pequeño animal, y en algún árbol cercano había una pajarito cantando.

A lo largo de la casa había una terraza. En un lado había varios tiestos de cerámica, que en verano estarían llenos de geranios, y al otro, lo que parecía una barbacoa de obra.

La luz del día estaba desapareciendo rápidamente, y la única luz que había en la habitación era la que producía el fuego de la chimenea.

Charlotte dejó la taza y el plato en la mesa y rompió el silencio.

–Dijiste que tenías una casa diferente, pero no me imaginé que fuera algo así.

–¿Y das tu aprobación? –le preguntó Daniel.

–Sí, ¡es maravillosa! Me recuerda a una casa de muñecas.

Él sonrió.

–Sé lo que quieres decir.

–Debe de ser única.

–Creo que sí.

–¿Conoces su historia?

–Sí. La construyó John Lloyd, un importante arquitecto británico, hace más de ciento cincuenta años. La hizo para su amante, Lily Bosiney. Ella era actriz, famosa en London Town. Al parecer, su romance era muy apasionado y él quería casarse con ella. Pero ya tenía una esposa, Florence, con la que se casó por necesidad cuando ambos eran muy jóvenes. Florence nunca fue demasiado fuerte, y después del nacimiento de su hija, Elizabeth, se quedó inválida. Cuando John Lloyd decidió reunirse con su familia, que ya vivía en los Estados Unidos, y llevaba aquí más de una generación, le suplicó a Lily que fuera con él. Ella le dijo que iría con él si dejaba a su esposa y a su hija en Londres. Él no estaba dispuesto a abandonar a su familia, pero no podía soportar la idea de perder a Lily, así que le prometió que si iba con él le construiría su propia casa. Y lo hizo. Lily amaba las flores que daban lugar a su nombre, de ahí la decoración y el nombre de la casa.

Charlotte suspiró.

—Que historia tan romántica... ¿Y ella fue feliz aquí?

—Lo fue durante un par de años, pero al parecer se cansó de las reuniones imprevistas y las noches solitarias, y de compartir al hombre que amaba con una mujer que necesitaba más tiempo y dedicación. Cuando Lloyd se negó de nuevo a dejar a su esposa, Lily se marchó. John pensó que como el amor que sentía por él era muy fuerte, regresaría. Pero no fue así. Contrató detectives e hizo todo lo posible por encontrarla, tanto en Nueva York como en Londres, pero no tuvo éxito. Era como si hubiera desaparecido de la faz de la tierra. Poco después, cuando murió su esposa, John dejó a la pequeña Elizabeth con su querida institutriz y se vino a vivir a The Lilies, confiando en que su amada Lily regresara.

—¿Y lo hizo?

—Me temo que no. John Lloyd vivió aquí solo durante casi cuarenta años. Hasta que falleció. Los tiempos estaban cambiando, y para prevenir que los especuladores compraran la casa y la derribaran, él la cedió a Save Our Heritage, una sociedad de conservación de la que él era miembro fundador. Hace unos años se la compré a ellos.

—Ah. Me sorprende que se deshicieran de ella.

—¿Quieres decir que te sorprende que confiaran en mí?

Ella lo miró a los ojos y, al sentir la fuerza de su magnetismo, se quedó sin respiración.

Enfadada por el efecto que tenía sobre ella, le dijo:

—Bueno, se te conoce por ser un hombre de negocios muy práctico.

—Imagino que no habrían confiado en mí solo por eso...

Al recordar los artículos de los periódicos sobre su filantropía, comentó:

—Sin duda, habrás sido un benefactor generoso.

—Puedes llamarlo así —dijo él—. Pero hay mucho más.

–¿De veras?

–Tras haber comprado varias propiedades históricas y no dar más de sí, la sociedad tenía problemas para continuar...

–¿Así que fuiste al rescate como un caballero en un caballo blanco?

–Me ofrecí a comprar The Lilies y, después de aceptar el precio y ciertas condiciones, se formalizó la venta.

–El dinero lo es todo, como solía decir mi padre.

–No puedo negarlo. Aunque no siempre es así.

–Suele serlo.

–El dinero solo no habría sido suficiente en este caso.

–¿Tuviste que utilizar tu encanto? –preguntó ella con dulzura.

–Por fortuna, no tuve que utilizar ese escaso recurso. Fue el hecho de que The Lilies lo hubiera construido mi tatarabuelo lo que hizo que la sociedad decidiera a mí favor.

–¿John Lloyd era tu tatarabuelo?

–Sí. Su hija se casó con su primo estadounidense, Joshua Wolfe, y se convirtió en Elizabeth Lloyd Wolfe –ella recordó que él le había mencionado que la sede estaba en el edificio Lloyd Wolfe–. ¿Quizá sigas pensando en que se equivocaron al venderme la casa?

–No, por supuesto que no.

Furiosa consigo misma, Charlotte se mordió el labio. Aunque desde un principio él no la había tratado como a una empleada, al menos, ella sí debía tratarlo a él como a un jefe.

Así que, ¿qué diablos hacía desdeñando a un hombre que era su jefe y su anfitrión a la vez? Un hombre al que ella esperaba encandilar.

Debería haber escuchado y sonreído con educación en lugar de mostrar su hostilidad.

Solo había una cosa que pudiera hacer y la hizo.

–Lo siento. No debí decir lo que dije.

–No tienes que disculparte. Tienes derecho a dar tu opinión.

–Teniendo en cuenta que soy tu invitada no fue muy correcto por mi parte. Y al menos, debería haber esperado a oír los detalles.

–Por favor, no te preocupes por eso –entonces, decidido a cambiar de tema, comentó–. Con la diferencia horaria debes estar cansada.

Agradecida porque él no se hubiera ofendido y deseando quedarse sola, aprovechó la excusa.

–Un poco.

–El problema es que si te acuestas demasiado pronto es difícil adaptarse al ritmo de sueño. ¿Puedo sugerirte que cuando hayas desempaquetado tus cosas te acuestes durante una hora o así? Después te llevaré a cenar y te mostraré Fifth Avenue de noche.

–Gracias, eso suena muy bien. Pero, ¿estás seguro de que tienes tiempo?

–Seguro.

–¿Y no supondrá un problema? Quiero decir... –vaciló un instante y se calló.

–Quieres decir... ¿si tengo alguna amiga que pudiera enfadarse?

–Bueno, sí...

–La respuesta es no.

El alivio que sintió Charlotte parecía desproporcionado, pero trató de convencerse de que se alegraba solo porque eso significaba un obstáculo menos en su camino.

–Ahora, ¿quieres que te enseñe la parte de arriba? –Daniel encendió las luces a medida que avanzaban por la casa y la guió por la escalera–. Aquí, en la parte de delante está la habitación principal... –abrió la puerta y le mostró una habitación amplia y amueblada de forma sencilla.

Era su habitación. Aunque todo estaba recogido era evidente que era el dormitorio de un hombre.

Sin hacer ningún esfuerzo por entrar, ella se quedó en el pasillo y miró por la ventana que daba a Carver Street, donde tras el brillo de las farolas resaltaba las siluetas de los árboles.

Daniel abrió otra puerta y dijo:

—Y esta es tu habitación. Tiene vistas al jardín.

La habitación tenía un pequeño salón, un dormitorio y un baño que, a pesar de parecer un baño de época, tenía todas las comodidades modernas.

En las dos habitaciones había muebles antiguos, suelo de roble y una pequeña chimenea. Aunque ninguna estaba encendida, hacía un calor agradable, lo que sugería que la casa tenía calefacción central.

Aunque la colcha que había sobre la cama estaba decolorada de tanto lavarse, y el papel de las paredes y las alfombras también habían perdido color por el paso del tiempo y el sol, la habitación era bonita.

A pesar de que ella casi había olvidado lo que era ser feliz, supo instantáneamente que aquella era una casa en la que podría ser feliz.

De no haber sido por el dueño.

Al ver que se le ensombrecía el rostro, Daniel le dijo:

—Espero que te guste.

—Sí, me gusta —contestó sin más—. Gracias.

—Entonces, permitiré que te acomodes.

Llamaré a la puerta dentro de un par de horas, ¿de acuerdo?

–Por supuesto.

Él se marchó en silencio y cerró la puerta tras de sí.

Charlotte deshizo el equipaje y dejó a un lado un vestido azul, una chaqueta a juego y ropa interior.

En el fondo de la maleta había una capa con capucha que Carla le había animado a comprar a pesar de que ella creía que no se la pondría nunca. Sin embargo, la sacó y la colgó en una silla.

Bostezó, se quitó el traje y la blusa, puso el despertador para tener tiempo de ducharse y vestirse, se metió en la cama y apagó la luz.

Aunque estaba muy cansada, tenía tanto en que pensar que creía que no se podría dormir. Sin embargo, cuando sonó el despertador se percató de que había dormido durante casi toda la hora y media.

Lo único que deseaba era apagarlo y seguir durmiendo, pero enseguida, Daniel Wolfe llamaría a su puerta.

Salió de la cama y se dirigió al baño. Cuando se lavó la cara se sintió mucho mejor.

En menos de quince minutos se había duchado y vestido. Estaba poniéndose los pendientes cuando Daniel llamó a la puerta.

Charlotte recogió la capa y el bolso y abrió.

Él vestía un traje impoluto y, estaba tan atractivo que, al verlo, Charlotte se quedó de piedra.

Daniel la miró de arriba abajo y dijo:

—Estás preciosa. Ese color te queda muy bien.

Mientras bajaban las escaleras, Charlotte sentía que todavía le temblaba el cuerpo por cómo la había mirado Daniel.

—Espero que el vestido sea lo bastante elegante —le dijo—. Es todo lo que tengo.

Con una gran sonrisa, él contestó:

—Es perfecto. Seré la envidia de todos los hombres que te vean.

En el salón, se detuvo para ponerle la capa a Charlotte sobre los hombros y para recoger su abrigo.

En la calle los esperaba el chófer, de pie, junto a la limusina.

Hacía tanto frío que al respirar se formaba vaho.

En cuanto se acomodaron en el lujoso automóvil, Daniel bajó el panel de cristal y le dijo al chófer:

—Cenaremos en La Havane, pero no tenemos prisa. Me gustaría que la señorita Michaels viera Fifth Avenue, así que si puedes ir por ese camino...

–Por supuesto, señor.

Daniel se dirigió a Charlotte.

–¿Prefieres que nos deje en el restaurante o te gustaría caminar un par de manzanas?

–Me apetece andar.

–En ese caso, Perkins, puedes dejarnos justo antes de llegar a la calle cincuenta –aunque era muy consciente del musculoso muslo que le rozaba la pierna, Charlotte trató de relajarse y de disfrutar del paseo nocturno por la ciudad.

Observándola, y conteniéndose para no besarla en la nuca, Daniel le iba señalando algunos lugares.

–A la derecha está Madison Square Park... Y enseguida, a la izquierda, pasaremos el Empire State Building...

Fifth Avenue estaba llena de gente y de coches. La decoración de los escaparates era exuberante y, desde luego, el ambiente era mucho más de lo que ella esperaba encontrar.

Comenzaron a caer unos copos de nieve y, al verlos, Charlotte murmuró unas palabras de alegría.

Cuando se acercaron a la calle cincuenta, Perkins preguntó:

–¿Por aquí, señor?

–Está empezando a nevar otra vez. ¿Estás segura de que quieres caminar? –le preguntó Daniel a Charlotte.

–Sí, por favor.

–Aquí está bien, gracias, Perkins. No te molestes en salir. Te diré a qué hora queremos que nos recojas.

Tan pronto como el coche se detuvo, Daniel se puso el abrigo y salió para darle la mano a Charlotte.

Ella la aceptó con reparo, y al tocarlo, sintió que todo su cuerpo se erizaba. Lo siguió hasta la acera, donde el paso de la gente había limpiado la nieve.

Daniel se volvió para mirarla, le puso la capucha y la agarró del brazo.

Nerviosa y emocionada, Charlotte se preparó mentalmente para la tarde que se avecinaba.

En un solo día había conseguido más de lo que nunca había imaginado. Si la suerte la acompañaba, quizá pronto podría regresar a casa satisfecha por haber hecho algo para vengar la muerte de Tim.

Capítulo Cuatro

Primero iremos a ver Saint Patrick's Cathedral, conocida como Saint Pat's, y después el árbol del Rockefeller Center, ¿vale? –le preguntó Daniel. Charlotte asintió y comenzaron a caminar en dirección a la catedral. Después de verla, se dirigieron junto a otros paseantes hacia el Rockefeller Center–. El complejo cubre veintidós acres y tiene diecinueve edificios –le dijo Daniel.

A medida que se acercaban a la plaza, ella exclamó:

–¡Oh, una pista de patinaje sobre hielo al aire libre! ¿Está siempre ahí?

–Solo de octubre a abril. En los meses más cálidos la pista se convierte en el Summer Garden Restaurant. Las dos cosas están presididas por Prometheus.

–Es impresionante –comentó ella al ver la enorme estatua dorada.

–Mide dieciocho pies, pero parece pequeña con ese árbol al lado.

Cerca de la pista de hielo había un abeto gigante. En la base tenía unos aros enormes y la copa estaba atada a cuatro edificios adyacentes por unos cables.

Sin avisar, Daniel agarró la mano de Charlotte y ella se estremeció. Al ver que la tenía fría, Daniel le metió ambas manos en el bolsillo de su abrigo.

Al sentir que se le aceleraba la respiración, Charlotte trató de concentrarse en el árbol.

Lo habían decorado con luces y adornos navideños. En lo alto lucía una estrella plateada y en la base una serie de ángeles dorados y plateados lo custodiaban.

Era una escena mágica.

Mientras lo observaba boquiabierta los copos de nieve comenzaron a cubrir la capucha de la capa y el cabello de Daniel.

Ella podría haberse quedado allí mucho rato, pero al final, Daniel rompió el momento mágico diciendo:

—Será mejor que nos vayamos, si no, empezarás a tener frío.

Solo habían dado unos pasos cuando una voz femenina gritó:

—Daniel, ¡qué alegría verte!

Una bella mujer de cabello oscuro les impedía el paso.

—Me alegro de verte —dijo Daniel, sin mucho entusiasmo—. ¿Cómo estás, María?

—Muy bien, gracias —y después, con tono

de reproche–. Esperaba que hubieras aceptado la invitación de mi padre a la cena de la
otra noche.

–Como le expliqué a tu padre, tenía un
viaje de negocios.

–Pero ya has regresado, así que vendrás a
nuestra fiesta de Navidad, ¿verdad?

–Lo siento, pero es imposible.

Se puso seria.

–Entonces, prométeme que vendrás a la
copa que daremos en Nochebuena.

–Me temo que no puedo prometer tal cosa.

–¿Por qué no?

–Puede que vaya a Upstate durante las vacaciones.

–¿Y si cambiaras de planes...?

–Te avisaría –sonrió con educación y miró
a Charlotte, que se había quedado un paso
atrás, para que continuaran el paseo.

–¿Una ex novia? –preguntó ella cuando se
alejaron un poco–. ¿O una futura novia?

–Ninguna de las dos. María es la hija de
un conocido de negocios.

–Está enamorada de ti –Charlotte habló
sin pensar.

Él la miró fijamente y le preguntó:

–¿Noto cierto tono de censura en tu voz?

–El amor hiere.

–Para ser justos, he de decir que no he hecho nada para animarla. En cualquier caso, es solo una niñería –admitió él.

–¿Y tienes cuidado de no aprovecharte?

–Tendría mucha culpa si lo hiciera. María es solo una niña. Apenas tiene dieciocho años.

«Janice apenas era un año mayor, pero eso no le impidió seducirla».

Al recordar aquello, Charlotte olvidó los placenteros momentos que acababa de experimentar. Apretó los dientes y continuó caminando en una noche que había perdido toda la magia.

La Havane estaba situada en la planta superior del Conway Building. Al bajar del ascensor, un hombre se acercó a ellos.

–Señor Wolfe, qué alegría volver a verlo –entretanto, un camarero se acercó para recogerles los abrigos–. Gaston vendrá enseguida para mostrarles su mesa.

–Daniel, ¡así que ya has vuelto! –un hombre alto y de buen ver se separó de un grupo que acababa de llegar y se acercó a ellos. Miró a Charlotte con curiosidad y preguntó–. ¿Qué tal el viaje a Londres?

–Bien. Gracias –dijo Daniel, como si la presencia del otro hombre no fuera bien recibida.

–¿Mañana irás a trabajar?

—Aparte de a la reunión que hay el día veintitrés, no pienso ir hasta después de Navidad, a menos que surja algún problema.

—No debería. El trato con Smithson salió bien, y en estos momentos no hay nada más que esté inseguro.

El hombre volvió a posar la mirada sobre Charlotte.

Daniel los presentó con cortesía, pero de manera cortante.

—Charlotte, me gustaría presentarte a mi primo, Richard Shirland, que también es el presidente de mi empresa.

—Richard, esta es la señorita Michaels de nuestra sede de Londres.

—¿Qué tal está? —Charlotte le tendió la mano con una sonrisa.

Richard la aceptó y dijo:

—Me alegro de conocerla, señortia Michaels. Ojalá todo nuestro personal fuera tan decorativo —lo dijo de manera tan ingeniosa que a Charlotte le pareció un cumplido encantador—. Si el lunes se pasa por mi despacho, estaré encantado de mostrarle todo el departamento...

—La señorita Michaels no empezará a trabajar el lunes —interrumpió Daniel.

Sin dejar de mirar a Charlotte, Richard comentó:

–Por supuesto. Supongo que necesitará tiempo para instalarse. Puesto que estaremos en el mismo edificio, si necesita ayuda, llámeme.

–Gracias. Es muy amable.

Entusiasmado, él añadió.

–Puesto que está recién llegada a Nueva York, ¿mañana podría llevarla a comer? La llamaré por la mañana, ¿de acuerdo?

–Gracias, pero yo...

–Como el apartamento de la empresa está ocupado, la señorita Michaels se quedará en mi casa unos días –intervino Michael disgustado.

–No me acordaba de que el apartamento estaba ocupado. Es más...

Al ver que el maître se acercaba, Daniel interrumpió a su primo.

–Si nos disculpas, nuestra mesa está preparada.

Agarró a Charlotte del brazo y, antes de que comenzaran a andar, Richard Shirland dijo:

–Si necesita ayuda para cualquier cosa, señorita Michaels, hágamelo saber.

–Gracias –dijo ella y le dedicó una rápida sonrisa.

El maître los saludó y los acompañó a la mesa.

De camino, Charlotte se fijó en que Daniel estaba tenso y con el ceño fruncido.

Esperaba que se hubiera disgustado al ver que su primo estaba muy interesado en ella, y que se sintiera celoso.

El comedor, tenía una vista panorámica de la ciudad de Manhattan. En una tarima que había al final de la sala, una orquesta tocaba un tema de Cole Porter.

Varias mesas, separadas por maceteros con flores, se distribuían alrededor de una pista de baile, mientras que en los laterales había algunos reservados.

Al descubrir que los acomodaban en uno de los reservados más alejados, Charlotte se preguntó si Daniel solía llevar allí a sus mujeres, y decidió que probablemente era así.

Enseguida, el camarero apareció con dos copas y una botella de champán en una cubitera. Descorchó la botella y sirvió el líquido espumoso.

Cuando se marchó, Daniel levantó la copa y, mirando a su acompañante, brindó:

–Por nosotros y por que nos conozcamos mejor –nadie la había mirado nunca de aquella manera, como si no pudiera obtener todo lo que deseaba de ella. A Charlotte no le quedaba duda alguna de que él la deseaba. Pero quería que fuera algo más. Lo miró, sonrió y bebió un poco de champán–. Eres encantadora.

–Apuesto a que les dices lo mismo a todas las mujeres.

–Hablas como si tuviera montones de ellas.

–¿Y qué hay de las diferentes mujeres con las que apareces en los periódicos?

–No puedo negar que haya salido con varias mujeres, pero...

–¿Salido con varias mujeres? ¿Qué es eso, un eufemismo?

–¿De qué?

–De llevarlas a la cama.

–A veces me he encontrado con esa posibilidad, siempre que mi acompañante sea de la misma opinión, sexo seguro y sin implicación emocional, puramente recreativo. Parece funcionar.

–¿Así que todo es casual y con sangre fría?

–No diría con sangre fría.

–Pero simplemente, les haces el amor y las abandonas –estaba segura de que ninguna mujer lo había abandonado a él–, ¿y sigue habiendo cola?

Él suspiró bromeando.

–Parece que no voy a ganar. Si lo niego, veo que vas a acusarme de tener un harén.

–¿Quieres decir que no es así? –lo miró y

pestañeó para coquetear con él.

–Me temo que no. No importa lo que algunas secciones del periódico intenten hacer creer, no ha habido todas esas mujeres, y nunca más de una a la vez.

Bromeando y con una media sonrisa, Charlotte dijo:

–Pensé que a lo mejor le habías encontrado utilidad a las habitaciones de la última planta de las que hablabas antes.

Daniel rellenó las copas y dijo:

–Llevo algún tiempo viviendo en The Lilies y hasta hoy, que has venido tú, solo ha estado otra mujer –sintiendo cierta presión en el pecho, Charlotte se preguntaba cómo de especial había sido esa otra mujer, pero Daniel continuó hablando–. ¿Y crees que la señora Morgan puede ser material para un harén?

Ella soltó una carcajada.

Él se inclinó hacia delante y le acarició la mejilla con un dedo.

–Deberías reír más a menudo, te sienta muy bien.

Muy afectada por el roce de su dedo, ella contestó con frialdad.

–No he tenido mucho de lo que reír últimamente...

Al escuchar la amargura de su tono de voz, Charlotte se mordió el labio. «Idiota», se amonestó a sí misma. «Imagínate que él pregunta por qué».

Pero, enfadado consigo mismo por tan inoportuno comentario, Daniel permaneció callado.

El camarero apareció con la carta.

–Buenas noches, señor Wolfe.

–Buenas noches, Georges.

–Si no tiene pensado nada en especial, señor, me permito sugerirle el *Ficelle de Brantome*, seguido de *Petits Rougets du Bassin au Cerfeuil*.

–Sí, he probado las dos cosas, y he de decir que son excelentes –Daniel miró a su acompañante–. ¿Te apetecen unas tortitas rellenas seguidas de salmonete rojo con perifollo? ¿O preferirías escoger tú misma?

Charlotte, que había tratado de leer el menú con su francés de colegio, contestó aliviada.

–No, eso está bien, gracias.

Cuando el camarero se retiró, Daniel permaneció mirándola en silencio, como si no estuviera seguro de su humor.

Al ver que le estaba permitiendo que eligiera el tema de conversación, ella comenzó a decir:

–¿Mencionaste que el señor Shirland era pariente tuyo?

–Sí, Richard es el hijo de mi tío. Aunque

no es por eso por lo que lo contraté, así que si estás pensando en nepotismo, olvídalo. Tiene lo que se merece. A pesar de sus espontáneos modales, Richard es un brillante hombre de negocios, y quizá por ello se lleva bien con la gente. Algo muy valioso en el aspecto social. Es famoso entre el personal de la empresa.

–No me extraña.

–¿Deduzco que te ha caído bien?

–Sí. Y mucho –al ver la cara de desconcierto que puso su acompañante, Charlotte se abrazó a sí misma y preguntó–. ¿Por qué le dijiste que no empezaría a trabajar el lunes?

–Vas a estar muy cansada hasta que te acostumbres a la diferencia de horario.

–Creo que para entonces ya no me quedaré dormida sobre el escritorio.

–Posiblemente no, pero no espero que empieces a trabajar hasta después de las fiestas. Estos días puedes utilizarlos para conocer la ciudad.

–¿Eres tan generoso con todos tus empleados?

–¿Qué quieres que diga? ¿Que eres especial?

–Por supuesto que no. ¿Por qué iba a ser especial?

–Se me ocurre al menos un motivo.

Charlotte sintió que le daba un vuelco el

corazón, pero solo dijo:

—¿Ah?

—Este intercambio de personal ha sido asunto mío, y tenía interés especial en el resultado. Me gustaría que todo saliera bien, así que tengo que mantener contentos a los dos participantes.

—Entonces, ¿el compañero que se ha ido a Londres tendrá el mismo tiempo libre?

—Matthew Curtis, el hombre que va a ocupar tu lugar, no se marchará hasta después de Navidad, así que la respuesta es no. Por otro lado, yo sí me tomaré ese tiempo libre.

Charlotte iba a preguntarle si había algún motivo especial para ello, justo cuando el camarero apareció con el primer plato, y cambió de opinión.

De pronto, se sintió hambrienta y probó las deliciosas tortitas rellenas de champiñones, queso y jamón.

—Estaba excelente —comentó ella cuando ambos terminaron.

—Me alegro de que te haya gustado —entonces, sin cambiar el tono de voz, le dijo—. Adelante, pregúntamelo.

—¿Que te pregunte qué?

—Por qué he adelantado mis vacaciones de Navidad.

—De acuerdo —dijo ella asombrada—. ¿Por

qué has adelantado tus vacaciones de Navidad?

–Para poder enseñarte Nueva York.

Intentando ocultar su emoción, ella contestó:

–Eres muy amable pero, ¿estás seguro de que puedes disponer de ese tiempo?

–Seguro. Estoy deseando tener unos días de placer...

Se calló cuando el camarero llegó para retirarle los platos, servirles el segundo y rellenar sus copas. Cuando se retiró, Charlotte dijo:

–¿Así que no eres el tipo de hombre de negocios que solo es feliz cuando está trabajando?

–Para nada. Durante los primeros años en los que me encargué de la empresa de mi padre trabajaba dieciséis horas al día porque era necesario.

–¿Y ahora?

–Sigo trabajando duro para consolidar lo que tengo, para que cuando me case pueda relajarme un poco. Quiero poder jugar con mis hijos, llevarlos a sitios y enseñarles cosas, pasar tiempo con mi esposa y mi familia.

«Esa imagen de padre ideal no encaja con su imagen poderosamente masculina», pensó Charlotte, ni tampoco con la idea que ella se había formado de él.

¿Y cuál era la imagen verdadera? ¿Un padre responsable? ¿O un playboy que podía seducir a una joven de diecinueve años a punto de casarse con otro hombre?

Sin duda, la última.

¿Sería posible que fuera las dos cosas?

—¿Qué te parece el salmonete? —le preguntó él.

—Está muy bueno, gracias —contestó ella, aunque apenas lo había probado. Después, continuó con el tema en cuestión—. En un artículo de una revista te describían como un soltero no arrepentido.

—Pero no soy un soltero confirmado. Hasta el momento he sido feliz manteniendo las cosas así, pero dentro de poco cumpliré los treinta y me gustaría tener hijos ahora que todavía soy joven para poder disfrutarlos...

Parecía tan sincero que Charlotte se estremeció. Si él consideraba la posibilidad de mantener una relación seria, quizá su plan pudiera tener éxito.

Con toda la naturalidad posible, le preguntó:

—Entonces, si estás pensando en casarte, ¿cómo escogerás a tu esposa? Quiero decir, ¿qué es lo que ha de tener la mujer que buscas?

Él la miró pensativo.

–Parece que has estado siguiendo las fotos de la prensa, así que ¿qué es lo que crees?

–La belleza es un requisito esencial.

–Te equivocas. Para una relación como el matrimonio diría que antepondría la pureza, utilizando un término pasado de moda –al ver que ella ponía cara de sorpresa, dijo sin más–. No me gustaría casarme con una mujer que se hubiera acostado con varios hombres.

–La vieja historia del doble rasero –murmuró ella.

–No es justo, lo sé, y no voy a defenderme. De todos modos, es lo que siento.

Charlotte no podía culparlo por su sinceridad.

–¿Así que la belleza quedaría en segundo lugar?

–Ni siquiera en el segundo. La inteligencia y la bondad son mucho más importantes. La belleza sería un plus, pero no sería esencial, siempre y cuando hubiera atracción física entre nosotros.

–Entonces, planeas...

–Nadie puede planear la química que surge entre dos personas. Tiene que ser combustión espontánea.

–¿Y qué hay del dinero? –preguntó Charlotte.

–Tengo de sobra.

Al recordar que la mayoría de las mujeres que lo acompañaban habían sido descritas como de clase alta, le preguntó.

–¿De clase alta?

–Sigo diciendo que depende de la personalidad. Que sean de clase alta es un arma de doble filo.

–¿Y qué hay del amor?

–Si un matrimonio ha de durar toda una vida, considero que el amor es algo indispensable.

–El amor no siempre garantiza que la relación funcione. O al menos, creer que se está enamorado no lo hace.

–¿Hablas desde la propia experiencia?

–Sí –admitió ella.

–¿Pero no quieres hablar de ello?

–No hay mucho que decir.

Aunque Daniel sentía curiosidad por el compromiso roto de Charlotte, al ver que estaba incómoda le rellenó la copa y cambió de tema.

–Ahora está amaneciendo en Londres. Debes estar cansada.

–Un poco –admitió ella.

–No tenemos que quedarnos ni un minuto más de lo necesario –en cuanto terminaron la comida y se tomaron el café, él se puso en pie y le tendió la mano—. ¿Un baile antes de marchar?

Estremeciéndose con la idea de estar entre sus brazos, Charlotte vaciló un instante. Entonces, al recordar el motivo por el que estaba allí, se puso en pie y le dio la mano.

Mientras se dirigían a la pista, él se agachó y le susurró al oído:

—Relájate.

Era un buen bailarín y, agarrándola con firmeza, demostró que era fácil de seguir.

Al cabo de un rato, la tensión que sentía Charlotte se desvaneció. Al sentir que se había relajado, él agachó la cabeza y colocó la mejilla junto a la de Charlotte.

Tras la sorpresa, Charlotte descubrió que estaba disfrutando del roce de su piel y del aroma de su loción de afeitar.

Cuanto terminó el baile y la orquesta comenzó a tocar un foxtrot lento, él dijo:

—Si quieres que nos vayamos, dilo.

Pero, atrapada por el ritmo de la música, ella ya no se sentía cansada.

—Estaré encantada si nos quedamos —le dijo.

Gozando de tenerla entre sus brazos, la atrajo hacia sí y comenzó a moverse al ritmo de la música.

Eran casi las doce y media y se habían bebido otra botella de champán cuando Daniel llamó al chófer para que fuera a recogerlos.

–¿Te apetece la última copa de champán mientras esperamos? –sugirió él.

Aturdida por la mezcla del jet lag y el efecto del alcohol, Charlotte sabía que debía decir que no, pero se encontró diciendo:

–Sí, por favor.

Cuando finalmente salieron a la calle, la nieve caía con delicadeza y empezaba a cubrirlo todo de blanco. Charlotte suspiró maravillada. Sentía que su cabeza flotaba como los delicados copos.

Cuando llegaron a The Lilies, ella apenas se percató de que Daniel se despedía de Perkins antes de rodearla por la cintura con el brazo y acompañarla hasta la casa, cálida y acogedora.

Después de quitarse el abrigo, Daniel retiró la capa de los hombros de Charlotte y la sujetó al ver que se tambaleaba un poco.

La agarró de nuevo por la cintura y le dijo:

–Directa a la cama, supongo. Debes estar agotada.

–Para nada –contestó ella, y, estirando un brazo, dijo con una sonrisa–. Podía haber bailado toda la noche.

–Casi lo hicimos... Pero ahora hay que irse a dormir.

La cabeza le daba vueltas y ella agradecía que él la sujetara mientras subían por las escaleras.

No había ni un ruido. Sin duda, el ama de llaves ya se había acostado...

De pronto, Charlotte recordó que Daniel le había dicho que ella utilizaría lo que solía ser el cuarto del ama de llaves, y se preguntó dónde dormiría la buena mujer.

Tratando de vocalizar, preguntó:

—Mencionaste que Perkins tiene un apartamento en los garajes, pero ¿la señora Morgan dónde duerme?

—Cuando Kate empezó a trabajar para mí era viuda y vivía aquí. Pero hace seis meses se casó de nuevo y ahora solo viene durante el día y entre semana.

—¿Así que ya no vive aquí? —preguntó con consternación.

—No, pero vive bastante cerca como para venir caminando. Así que no hay problema.

Puede que a él no le preocupara, pero a ella sí. ¿Cómo no le había hecho antes esa pregunta en lugar de confiar en que había alguien más en la casa?

Recordó que Carla le había dicho:

—No permitas que el gran Wolfe te pille a solas —y allí estaban los dos. Ella, medio bebida y él, con ella a solas.

Y él la deseaba... de eso estaba segura.

Pero estaba convencida de que pasara lo que pasara, él no emplearía la fuerza.

Un hombre que, sin duda, podría conseguir a la mujer que se le antojara no necesitaba... Y, en cualquier caso, su ego no se lo permitiría.

Si ella pudiera ser la que controlara la situación. Carla le había dicho más de una vez que si quería que un hombre fuera tras ella, corriera hacia otro lado. Así que primero le daría un poco de esperanzas y después saldría corriendo.

Se detuvieron frente a la puerta de la habitación de Charlotte y, mirándolo, le dijo:

—Gracias por una velada maravillosa.

Agarrándola por el codo, él contestó:

—Ha sido un placer.

Alzando el rostro, ella lo invitó en silencio a que la besara.

Él se preguntaba cómo sería el tacto de su boca, la curva de sus pechos, el calor de su cuerpo bajo el de él...

Pero era demasiado pronto.

En lugar de aceptar la invitación, agarró el picaporte y abrió la puerta.

«¿Qué diablos pasa con este hombre?», pensó enfadada. Había visto la llama de la pasión en su mirada. Sabía que deseaba besarla, pero por algún motivo, se había contenido.

Desinhibida por el efecto del champán, colocó las manos bajo la solapa de su chaqueta para estabilizarse, y se puso de puntillas para besarlo en los labios.

Durante un instante Daniel permaneció quieto y no respondió a su beso. Después, como si todo su autocontrol hubiera desaparecido, la rodeó con los brazos y la besó con una fiera pasión que desembocó en puro deseo.

Después de haber tenido una infancia poco afectiva, ella no estaba preparada para tal torrente de emociones y lo único que pudo hacer fue dejarse llevar.

No supo cuánto tiempo estuvo besándola, con los ojos cerrados, y las piernas temblorosas, no fue capaz de protestar cuando él la tomó en brazos y la llevó hasta el dormitorio.

Cuando se movió y abrió los ojos vio que los rayos del sol entraban por la ventana.

Medio dormida, y completamente desorientada, no sabía dónde estaba. Al cabo de unos segundos, recordó.

Estaba en Nueva York... En *The Lilies* con Daniel Wolfe...

Daniel Wolfe...

Él la había besado cuando regresaron a casa y la había llevado en brazos hasta el dormitorio...

Completamente despierta, Charlotte se sentó de golpe en la cama.

Cuando su cabeza dejó de dar vueltas, dos cosas le quedaron claras. Estaba sola en la cama doble y todavía llevaba la ropa interior y las medias.

Respiró hondo y sintió un escalofrío.

De pronto, lo recordó todo. Aunque la noche anterior tenía los ojos cerrados y no estaba del todo consciente, recordaba cómo él la había tumbado en la cama y le había quitado los zapatos, la chaqueta y el vestido.

Después le había quitado las horquillas del moño, la había cubierto con el edredón y había salido de la habitación cerrando la puerta.

Tenía que agradecerle que no hubiera sucedido nada. Y no a sí misma.

Fue ella la que lo incitó a besarla. ¡Debía de haberse vuelto loca! Al pensar en cómo podía haber terminado todo, se estremeció.

Sus besos la habían hecho sentir de una manera especial, algo que Peter nunca había conseguido. Si Daniel hubiera insistido, ella no habría podido resistirse y seguramente él era lo bastante experto como para saberlo.

Frunció el ceño. Si él la deseaba tal y como ella pensaba, ¿no se habría aprovechado del hecho de que ella fuera incapaz de decir que no?

Pero no se había aprovechado de ella. La había acostado como un padre acuesta a su criatura.

¿Por qué?

¿Sería que solo se había imaginado que estaba interesado en ella? ¿Aunque se hubiera ofrecido a mostrarle Nueva York, quizá solo lo había hecho porque era el jefe y ella su empleada?

Si era así, él debía estar disgustado por cómo se había comportado ella.

Se sentía avergonzada de cómo había actuado, y al recordar cómo se había deshecho de María se sintió fatal.

Un hombre adinerado con su carisma tenía que estar acostumbrado a que las mujeres se lanzaran a él y, sin saber cuáles eran sus motivos para hacerlo, sin duda debía de haber pensado que ella era una mujer cualquiera y estúpida.

Y pronto tendría que enfrentarse a él.

No era una idea alentadora.

¿Y qué había hecho con su misión?

Enfadada consigo misma por su estupidez, miró el reloj y comprobó que había dormido casi doce horas. Había llegado el momento de salir de la cama y de enfrentarse al desastre que había organizado.

Capítulo Cinco

Después de ducharse, Charlotte se vistió con un conjunto de lana de dos piezas. Comenzó a cepillarse el pelo y recordó cómo la noche anterior, después de quitarle las horquillas que le sujetaban el moño, Daniel se sentó en el borde de la cama acariciándole el cabello.

El recuerdo le resultaba doloroso y, cuando recogía los mechones para hacerse un moño y lo sujetó con una horquilla, le temblaban las manos.

Sin saber por qué sentía ese dolor suspiró y, sintiéndose confusa y vulnerable, bajó las escaleras.

Aunque la chimenea del salón estaba encendida y, sobre el sofá, estaba el periódico del día, la habitación estaba vacía.

Tras llamar a la puerta del estudio y no obtener respuesta, se dirigió a la cocina, donde encontró a Daniel junto al fregadero.

Tenía las mangas de la camisa enrolladas y sus antebrazos musculosos quedaban al descubierto. Llevaba un trapo de cocina enganchado al cinturón de los pantalones vaqueros y estaba haciendo zumo de naranja.

Iba un poco despeinado y, a pesar de la inesperada imagen casera, Charlotte lo encontró devastadoramente masculino y atractivo.

–Buenos días –dijo él al verla–. O mejor dicho, buenas tardes –su mirada no era condenatoria como ella esperaba–. Llegas en el momento justo. Acabo de empezar a preparar la comida –lo último que ella esperaba era esa amabilidad tan espontánea y, sin decir nada, se quedó mirándolo–. Espero que hayas dormido bien.

–Muy bien –contestó ella.

–¿No tienes resaca? –le preguntó con una sonrisa.

Tenía una boca y una dentadura perfecta, y su sonrisa hacía que a Charlotte se le aceleraba el corazón y le temblaran las piernas.

–No, me encuentro bien, gracias –consiguió decir.

Daniel sirvió el zumo en dos vasos y le dio uno.

–Espero que te guste la tortilla a las finas hierbas. Si no, puedo cambiar el menú por unas gambas al ajillo, o...

–Siento lo de anoche –se apresuró a decir ella–. La combinación del jet lag y el champán tuvo mucho que ver, pero eso no es una excusa para mi comportamiento.

–Soy yo quien debería pedir disculpas. Debí haberme percatado de que si estabas tan cansada el champán no era buena idea. Fue un milagro que aguantaras despierta hasta tan tarde. Bueno, entonces, ¿qué quieres comer?

Durante un instante, la facilidad con la que zanjó el tema la desconcertó. Después, trató de concentrarse y dijo:

–Una tortilla es una idea estupenda.

–No sé si estupenda... pasable, espero. A lo mejor opinas que mi cocina deja mucho que desear.

–Me sorprende que no... –comenzó a decir ella.

–¿Que no pague a alguien por hacerlo?

–Sí –admitió.

–Aparte de que me gusta tener la casa para mí solo los fines de semana, disfruto practicando mis conocimientos culinarios –dijo, y sonriendo con malicia, añadió–. Y ahora que tengo una invitada cautiva, es el mejor momento para ponerlos en práctica.

En respuesta a su malicia, ella se puso bizca y se agarró el cuello con las manos haciendo un sonido de ahogo.

Él soltó una carcajada.

–¿Hay sótano en la casa? –le preguntó ella.

–¿Por qué lo preguntas?

—Pareces que no te preocupa demasiado envenenar a tus invitados.

—¿Una pizca de arsénico? No te preocupes. Te prometo que primero intentaría cualquier cosa.

Con esa sonrisa, y sus ojos grises brillantes de alegría, estaba irresistible. Charlotte sintió un vacío en su interior.

Consciente de que corría grave peligro de que él le gustara, suspiró. «Si el pasado pudiera borrarse para siempre». Pero, por supuesto, eso era imposible, el pasado no podía cambiarse.

Ni tampoco el hecho de que, por muy atractivo y saludable que pareciera Daniel Wolfe en ese momento, tenía un lado oscuro mucho menos agradable.

Al ver cierto cambio en la expresión de su rostro, él dijo con ironía:

—Si vas a quedarte preocupada, siempre podemos salir a comer.

—Ni soñarlo. Ahora que me has abierto el apetito no puedo esperar a ver cómo cocinas.

—Así habla una mujer valiente... ¿O debería decir insensata?

—Estoy segura de que haces unas tortillas maravillosas.

—Bueno, eso no se sabe hasta que no se prueba... —la mesa ya estaba puesta y, sacando una silla, él dijo–. Será mejor que te sientes y vayas diciendo tus oraciones.

Charlotte obedeció y se bebió el zumo mientras observaba, fascinada, cómo batía los huevos y hacía una gran tortilla esponjosa.

Peter jamás ponía un pie en la cocina, escudándose en que decía que era dominio de las mujeres. Pero Daniel se movía como si la cocina fuera su casa, y sin perder ni una pizca de su masculinidad.

Doblando la tortilla por la mitad, la partió en dos y sirvió un pedazo en cada plato. Después se sentó frente a Charlotte.

Esa comida sencilla, acompañada de pan crujiente y ensalada, estaba deliciosa y Charlotte lo comentó.

–Un buen cumplido –murmuró él–. Solo por eso, esta tarde te llevaré de turismo. ¿Por dónde te gustaría empezar?

–Me encantaría dar un paseo por Central Park.

–¿Imagino que te habrás traído botas y ropa de abrigo?

–Sí.

–Entonces, iremos a Central Park.

Durante los siguientes días, aunque seguía nevando, salieron desde por la mañana hasta por la noche, visitando todos los lugares que había para visitar, unas veces en coche y, a menudo, andando.

Entre otras cosas, visitaron Battery Park, la Estatua de la Libertad y el Empire State Building. Desayunaron en Tiffany's y cenaron en el Rainbow Room.

Además de hacer la ruta de los turistas, Daniel le mostró zonas menos conocidas de Manhattan donde se sentía el espíritu comunitario y donde convivían, casi en el mismo edificio, los pobres con los ricos.

En los puestos de la calle compraron mazorcas de maíz y castañas asadas, riéndose cuando se quemaban los dedos al pelarlas. Y de camino hacia el Winter Garden, pararon a tomar café en el West Side Mission for the Homeless, un albergue que Daniel había montado y mantenido casi solo.

La llevó a comer a Chinatown y a cenar a Little Italy, donde en los pequeños restaurantes con mantel de cuadros y velas en botellas vacías de vino, se comía muy bien.

Cuando Charlotte comenzó a sentirse incómoda por la cantidad de dinero que él se estaba gastando en ella, se aventuró a protestar y él le contestó:

—Si eso te preocupa, tomaré medidas para que te lo descuenten de tu sueldo.

—Pero si todavía no he comenzado a trabajar —señaló ella.

—Debías cobrar desde el primer día que llegaste aquí, así que no importa cuándo empieces a trabajar de verdad. Nadie discutirá sobre eso.

—Si tú lo dices. Eres el jefe.

—Tiene sus compensaciones —dijo él con una sonrisa.

Una tarde, después de ver a los patinadores en el lago, Daniel lo organizó todo para dar un paseo en carroza por Central Park, y por la noche, asistieron a un concierto de George Gershwin.

Ella comenzaba a reconocer algunos de los lugares, sonidos y olores que hacían que Nueva York fuera una ciudad especial. Pero además de aprender sobre Nueva York, también aprendió acerca del hombre que la acompañaba.

Resultó ser un hombre optimista y equilibrado, con diversos intereses y una contagiosa alegría de vivir. Le gustaba hablar y escuchar, pero también se sentía a gusto con el silencio.

Charlotte descubrió que tenía buen sentido del humor y un fuerte sentido de la justicia, y, aunque las mujeres se volvían a menudo para mirarlo, no parecía ser un engreído.

Sobre todo, ella era muy consciente de la química que había entre ellos. En todo momento, ella se fijaba en él. Y en su compañía, sus sentidos se tornaban más agudos, veía mejor las cosas, los sonidos eran más claros y los aromas más llamativos.

Y por su parte, aunque de vez en cuando Daniel la miraba de forma que se le paralizaba el corazón, la trataba con cuidadoso compañerismo.

Pero había algo más entre ellos que la pura amistad. «Es casi como si me estuviera cortejando», pensó ella, y sonrió, sorprendida por esa antigua palabra.

Aunque en público a veces le daba la mano o la rodeaba con el brazo, cuando estaban a solas, él nunca intentaba tocarla o besarla. Cada noche, la acompañaba hasta la puerta de su habitación y le deseaba buenas noches.

Tras haber aprendido la lección y contenta con cómo estaban saliendo las cosas, Charlotte intentó no beber demasiado y resistió toda tentación para no jugar con fuego.

Si él no hubiera sido quien era, aquella habría sido la etapa más feliz de su vida. Había muchas cosas de él que le gustaban, pero ninguna que le disgustara. Excepto su pasado.

Cuando quedaban un par de días para

Nochebuena, cenaron en The Village Tavern antes de asistir a un concierto en Washington Square Park.

Hacía mucho frío y, en lugar de llamar a Perkins, Daniel paró un taxi para que los llevara de regreso a The Lilies.

Al llegar a casa, congelados, vieron que la señora Morgan había preparado el fuego antes de marcharse y que había café caliente en la cocina.

Después de quitarse el abrigo, Daniel prendió las astillas y tras echar un par de troncos, le sugirió a Charlotte:

–¿Por qué no te sientas frente al fuego mientras traigo el café? –ella se sentó en el sofá y estiró los pies hacia la chimenea–. Así no se te calentarán nunca –Daniel se agachó frente a ella, le quitó las botas y le frotó los pies con las manos para que entraran en calor–. ¿Mejor? –le preguntó.

–Mucho mejor, gracias –contestó ella, y suspiró al ver que se incorporaba para marcharse. Su presencia era abrumadora.

Haciendo un esfuerzo para calmarse, se sentó mirando el fuego y la sombra de las llamas en la pared y el techo. Pero todavía sentía el roce de sus manos y recordaba cómo su cabello se rizaba en la nuca.

Había deseado acariciárselo, apoyarle la

cabeza contra su pecho.

¡No! No debía pensar en eso. Debía recordar qué clase de hombre era. Quizá parecía diferente, pero no lo era.

Daniel regresó de la cocina.

—Ya estoy aquí —dijo con tono animado y le tendió una taza—. He pensado que la ocasión se merece una copa de brandy para que entremos en calor.

Se sentó junto a ella y estiró las piernas hacia las llamas.

Cuando los cojines cedieron bajo su peso y sus muslos se rozaron, ella se sobresaltó y estuvo a punto de derramar el café.

Enseguida, él se echó un poco a un lado, para dejarle espacio, pero el ambiente se llenó de cierta tensión sexual que Charlotte no sabía si podría soportar.

Daniel estaba mirando el fuego y, al observarlo de perfil, Charlotte vio que estaba tenso, como si estuviera manteniendo su autocontrol.

Desesperada por salir de esa situación, necesitaba algo que decir hasta que se terminara el café y pudiera refugiarse en su habitación. Aunque había pasado más de una semana, Daniel no había dicho nada acerca del apartamento de la empresa y, contenta con como iban saliendo las cosas,

Charlotte tampoco había sacado el tema.

—Imagino que el apartamento de la empresa ya debe estar vacío, así que me preguntaba, ¿cuándo quieres que me mude?

Hubo una pequeña pausa antes de que él contestara.

—Bueno, aún no. Cuando pedí que lo fueran a ver el otro día, no estaba tan presentable como debiera, y he dado órdenes para que cambien la decoración... —aunque la conversación era un poco forzada, al menos estaban hablando. Parecía que el momento de peligro había pasado—. Los obreros van a empezar mañana —continuó él—, pero no terminarán hasta pasadas las fiestas. Así que me temo que de momento tendrás que quedarte conmigo. Es decir, si no te importa.

—¿Pero no te vas a marchar durante las navidades?

—Había pensado ir a Upstate a la cabaña de mi familia. Si voy...

—Puedo mudarme a un hotel tan pronto como quieras —ofreció ella.

—¿Y estar sola durante las fiestas? Ni pensarlo. Iba a decirte que me gustaría que vinieras conmigo.

—No pienso aparecer en casa de tus padres para Navidad. ¿Qué iban a pensar?

—Si estuvieran vivos estoy seguro de que

estarían encantados, pero se mataron en un accidente en el Interstate cuando yo todavía estaba en la universidad.

–Lo siento –dijo ella.

–Aparte de Richard y sus padres, no me queda ningún familiar en el estado de Nueva York.

–¿No tienes hermanos ni hermanas?

–Una hermana más joven. Glenda se casó con un Canadiense y vive en Vancouver... Así que ya ves, si no fuera por ti pasaría las fiestas solo. ¿No te gustaría conocer los Catskills?

–Mucho, pero... –dudó un instante antes de buscar una excusa. ¿Qué sentido tenía quedarse sola en un hotel? Tenía que aprovechar al máximo la oportunidad de estar con él.

Pero sería jugar con fuego. ¿Y si estuvieran solos en la mitad de la nada? Independientemente de si él solo la deseaba o de si la cosa empezaba a ponerse seria, él era un seductor experimentado...

Aunque si estuviera interesado en ella, ¿no habría tratado de seducirla antes en lugar de contenerse?

–¿A lo mejor ya estás cansada de mi compañía? –preguntó él al ver que ella seguía en silencio.

–No, no es eso.

—Entonces, ¿qué es?

—Bueno, yo...

—¿A lo mejor no te gusta la idea de pasar las fiestas tranquila? Si ese es el motivo, podemos quedarnos en Nueva York.

—Me gusta Nueva York... Es más, podría decir que ha sido amor a primera vista... Pero será agradable pasar la Navidad en los Catskills.

—Entonces, está todo claro. Hablaré con la señora Munroe, que se ocupa de la casa, y viajaremos el día de Nochebuena.

«Así que después de todo no estaremos solos».

—Suena fenomenal —admitió ella, y se puso en pie—. Quería ver los Catskills desde que leí *Rip van Winkle* en el colegio. Supongo que desde entonces, todo habrá cambiado.

—No tanto como puedes imaginar —dijo él y se puso en pie a su lado—. Aunque hay partes donde prácticamente ha desaparecido toda la cicuta, todavía queda mucha por los alrededores de la cabaña.

—A mano para envenenar a los vecinos no bien recibidos —comentó ella en broma.

Riéndose, él dijo:

—Me refería al falso abeto, y no a la planta. Las hojas de ese árbol huelen como la cicuta cuando se aplastan...

De pronto, sin saber cómo, Charlotte se encontró con que ambos estaban mirándose a los ojos. Segundos después, ella se acercó más a Daniel y él la abrazó para besarla. Era como si no hubiera nada más en el mundo que aquel hombre, ni pasado, ni futuro, solo el presente y los sentimientos que la guiaban.

Mientras se abrazaban, ella notó que él le quitaba las horquillas del cabello y que le acariciaba la melena sin dejar de besarla.

Cuando Daniel deslizó los labios para explorar la piel de su cuello, ella se estremeció.

Entonces, le acarició la curva de sus pechos, la cintura y las caderas. A pesar del tejido de la ropa, su roce era electrizante y Charlotte se estremeció.

Sentía tanto deseo por él que apenas podía respirar, y cuando él comenzó a desabrocharle la blusa, estuvo a punto de ayudarlo. Pero enseguida le había dejado los hombros al descubierto y le había quitado la falda y la ropa interior.

Charlotte podía escuchar cómo se aceleraba el latido de su corazón cuando él le acariciaba los senos desnudos.

Y cuando le acarició los pezones con delicadeza, ella gimió de placer y se movió de forma convulsiva. Sus piernas no podían sostenerla en pie y se dejó caer sobre la alfombra de piel de cordero.

Daniel agarró un cojín del sofá y lo colocó bajo su cabeza, después, sin dejar de mirarla, comenzó a desvestirse.

Charlotte tenías unas piernas largas y esbeltas, unas caderas sinuosas y unos pechos perfectos. El resplandor del fuego acentuaba el color de su piel y hacía que su cabello pareciera de oro. Daniel nunca había visto nada tan bello.

Mirándola a los ojos, se tumbó a su lado y murmuró:

–Mi dulce amor.

A pesar del fuerte deseo que sentía, le acarició el rostro, el cuello y los hombros, el vientre y, finalmente, el vello sedoso de la entrepierna y la suavidad de la piel de sus muslos.

Con los ojos cerrados, inclinó la cabeza y le acarició un pezón con la lengua, metiéndoselo después en la boca y succionando. Ella gimió de placer y, ardiente de deseo, comenzó a mover las caderas de manera rítmica.

Sintió que Daniel la cubría con su cálido cuerpo, y la primera vez que se adentró con fuerza en su cuerpo, no sintió nada más que una potente sensación que la llenó de éxtasis.

A medida que disminuía la sensación, se percató del peso de la cabeza de Daniel sobre sus pechos y de un fuerte calor en su entrepierna.

En ese mismo instante, él levantó la cabeza para besarla en la boca con dulzura y pasión.

Entonces, al ver que se disponía a levantarse, ella le rodeó el cuello con los brazos para que no se marchara.

—Está bien —dijo él, tomándola entre sus brazos—. Podría quedarme aquí toda la noche, pero dentro de un rato empezará a hacer frío, así que lo mejor es que vayamos a la cama.

Su dormitorio estaba inundado por la luz de la luna y, en un instante, ella se encontró con la cabeza sobre una almohada y cubierta con un edredón

Él se tumbó a su lado y la atrajo hacia sí, saboreando el triunfo. No solo era suya por fin, sino que era lo bastante experimentado como para saber que ella era una completa inexperta, y estaba enormemente agradecido.

Al cabo de un rato, el deseo lo apremió de nuevo y empezó a besarla en la boca. Le hizo el amor con más delicadeza, despacio y utilizando las manos, la boca y la lengua para complacerla, encontrando su propia satisfacción en los pequeños gemidos y estremecimientos de placer que sufría ella.

Varias veces, la escuchó decir en un susurro:

—Por favor... Por favor...

Pero, para no apresurarse, la mantuvo al borde el éxtasis con mucho talento y autocontrol.

Justo cuando Charlotte pensaba que no podría aguantar más esa exquisita tortura, sintió cómo se adentraba en ella, escondió el rostro en su cuello y se movieron de manera acompasada.

Esa vez, el éxtasis, aunque igual de explosivo, fue más profundo, y después, permanecieron tumbados con los cuerpos entrelazados hasta que el latido de sus corazones recuperó el ritmo normal.

Daniel estaba a punto de decirle algo cuando se dio cuenta de que estaba profundamente dormida, con las mejillas un poco sonrosadas.

Observando sus pómulos prominentes, las cejas arqueadas, las largas pestañas que cubrían sus ojos y la boca que en sueños parecía inocente y vulnerable, tuvo que contenerse para no besarla, para no despertarla y pedirle una sonrisa.

Demasiado excitado para dormir, se quedó tumbado abrazándola, escuchando su suave respiración y disfrutando del calor de su cuerpo desnudo contra el suyo.

Cuando Charlotte abrió los ojos era todavía muy temprano, a pesar de que la nieve daba una luminosidad especial a la habitación. Durante un instante, desorientada, se preguntó dónde estaba. Entonces, recordó claramente lo que había sucedido.

La noche anterior Daniel Wolfe le había hecho el amor. Y seguía tumbado junto a ella en la cama.

¡No! ¡No podía ser cierto! Incapaz de respirar, trató de negar lo que sabía con certeza que había sido verdad.

¿Cómo pudo permitir que sucediera? ¿Cómo podía haberse acostado con el hombre responsable de la muerte de su hermano?

Pero lo había hecho. Con ansia. Con pasión.

Ni siquiera podía salvar el orgullo diciendo que él la había seducido, ya que ella también deseaba hacerlo.

Con Peter, un hombre al que creía que había amado, se había resistido a sus súplicas y argumentos, ¿y por qué se había entregado a un hombre que odiaba?

¿O no era así?

Debía odiarlo, y una parte de ella lo odiaba. Pero no era tan sencillo.

Desde el principio, aunque nunca lo hubiera admitido, lo había deseado físicamente.

Pero sus sentimientos eran mucho más complicados que el mero deseo.

La noche anterior todo había sido perfecto, y era difícil creer que el deseo hubiera sido la única fuerza motriz. Tenía que haber un sentimiento mucho más profundo entre ambos.

Pero Daniel no era hombre de sentimientos. Había admitido que estaba acostumbrado a mantener relaciones sexuales seguras sin implicación emocional.

De pronto, Charlotte comprendió que si había existido alguna emoción profunda había sido solo por su parte.

Volvió la cabeza con cuidado y observó al hombre que yacía a su lado. Solo su imagen hizo que le diera un vuelco el corazón.

Estaba tumbado boca arriba y respiraba tranquilo. Tenía una mano cerca de ella, como si, ni en sueños, quisiera dejarla escapar.

El edredón se había escurrido y el torso musculoso de Daniel quedaba al descubierto. Estaba tan atractivo y viril que ella percibió cómo se le aceleraba el pulso ante tanta masculinidad.

Durante un instante, tuvo que contenerse para no despertarlo. Quería que le sonriera y le prometiera placer con un abrazo...

Sintió un nudo en el estómago y cerró los ojos para evitar la tentación.

Pero, si a plena luz del día, se sentía tentada por un hombre al que tenía motivos para odiar, ¿qué posibilidad tenía de resistirse a él en el futuro?

Aunque no era solo sexo. Podía llegar a amar a ese hombre...

Lo amaba.

Durante un instante, permaneció sentada como si fuera de piedra, confundida por la ambivalencia de sus sentimientos.

Pero, ¿no se decía que el amor y el odio, dos de los sentimientos más poderosos, eran las caras opuestas de la misma moneda?

Pues en algún momento, la moneda se había dado la vuelta. Mientras intentaba que él se enamorara de ella, sin saber cómo, y a pesar de la rabia y el odio que sentía, se había enamorado de él.

¿Pero cómo había sucedido?

¿Cómo se las había arreglado Daniel para atrapar su corazón con tanta rapidez?

Aunque aquello no era algo repentino. No había sucedido solo en una noche. Desde un principio, ella se había sentido atraída por sus fotografías. Fascinada contra su voluntad.

Sabía que era un hombre peligroso. Por eso había tratado de evitarlo.

¿Pero era posible enamorarse a través de una fotografía?

Sin duda, la vista era uno de los sentidos que primero se implicaban. El aspecto de una persona era la primera parte del proceso. ¿Y la atraían otras cosas de él?

Desde un principio, la química que había entre ellos había sido muy poderosa, pero como tenía la intención de vengarse de él, Charlotte la había ignorado.

En algún momento, se había percatado de que corría peligro, pero no se imaginaba que podría enamorarse de un hombre que le había causado tanto dolor.

¿Cómo iba a imaginarse que se metería bajo su piel? ¿Que le haría el amor? ¿Que le atraparía el corazón cuando era ella quien intentaba atrapar el suyo?

–Si juegas con cuchillos es fácil que te cortes –solía decirle su padre.

Como una idiota, había jugado con cuchillos y estaba sangrando. Lo único que podía hacer era lamerse las heridas y marcharse.

¿Podría soportar alejarse de él?

Si no lo hacía, se convertiría en su juguete y acabaría perdiendo el orgullo y el respeto por sí misma.

Quizá podía quedarse hasta que terminara la Navidad, siempre y cuando mantuviera sus sentimientos en un plano platónico...

Pero, en el fondo del corazón, sabía que

no podía. Lo que sentía por él la hacía muy vulnerable. Lo único que podía hacer era marcharse, y rápido. Asegurarse de que nunca más volvería a ver a Daniel Wolfe.

Al menos, así podría recuperar parte del orgullo y del respeto.

Pero la idea de separarse de él la hacía sentir como si un gigante le estuviera aplastando el corazón para exprimirle la vida.

Respiró hondo y decidió que si no encontraba la fuerza para marcharse en ese momento, cada vez le resultaría más difícil, o incluso imposible.

Entonces, tarde o temprano, él la abandonaría y a ella no le quedaría nada, ni siquiera el orgullo.

Con mucho cuidado, porque sabía que si Daniel despertaba y le sonreía estaría perdida, salió de la cama.

Caminando despacio se acercó a la puerta. Al ver que el picaporte cedía bajo su mano sin hacer ruido, se sintió aliviada. Salió sin mirar atrás y cerró la puerta tras de sí.

Segundos más tarde, estaba sana y salva en su habitación.

Sin pensar, se apresuró a ducharse y vestirse. Tenía miedo de que él despertara y fuera a buscarla, entonces, su decisión se volvería débil y no podría marcharse. Recogió sus cosas todo lo rápido que pudo y las guardó en la maleta.

Después, bajó de puntillas hasta el salón, donde todavía estaban encendidas las luces del árbol de Navidad.

La chimenea estaba llena de troncos medio quemados y las tazas que habían utilizado la noche anterior seguían sobre la mesa de café. Esparcida por el sofá, la ropa que ambos se habían quitado.

Sintiendo un fuerte vacío por dentro, se puso las botas, agarró el abrigo y salió a la calle que, con la luz del día, empezaba a cobrar vida.

Capítulo Seis

El aire era amargo y el cielo estaba gris. Había nevado durante la noche y un manto blanco cubría el asfalto.

La nieve helada crujía con cada pisada y, Charlotte se alejó con la maleta golpeándole en la pierna a cada paso. Apenas se daba cuenta de las lágrimas que rodaban por sus mejillas.

Cambiándose la maleta de una mano a otra consiguió llegar al final de Carver Street y dobló en una calle más bulliciosa, fue allí cuando se dio cuenta de que no sabía a dónde iba ni que pretendía hacer.

Su única idea era escapar, no se había detenido a hacer planes.

Vio que al otro lado de la calle había una cafetería abierta que se llamaba *Benny's* Breakfast Bar.

Dejó la maleta en el suelo, buscó un pañuelo en el bolso, se sonó la nariz y se secó las lágrimas. Después, cruzó la calle y entró.

En el local hacía calor. En la barra había un hombre vestido con vaqueros y un chaleco sin mangas comiéndose un montón de dónuts grasientos, mientras que otros se encontraban en las mesas desayunando huevos con salchichas.

Ella era la única mujer que había en el local, y tras escoger una mesa que había en una esquina, dejó la maleta junto a la pared y se acercó a la barra para pedir un café.

Mirándola con curiosidad, el hombre que estaba detrás de la barra vestido con una camiseta roja y blanca en la que ponía Benny's, le preguntó:

—¿Donuts?

—No, gracias —contestó Charlotte sintiendo un nudo en el estómago y aborreciendo la idea de comer algo.

Regresó a la mesa con el café y se preguntó si Daniel se habría despertado y si la echaría de menos...

Solo de pensar en él sintió como si le clavaran un puñal en el pecho y se quedó quieta, respirando como si sus pulmones estuvieran llenos de cristales rotos.

Cuando se le pasó el dolor, hizo un gran esfuerzo para concentrarse y pensar qué debía hacer.

Al pagar el café, se dio cuenta del poco dinero que tenía, apenas suficiente para pagar el billete de autobús hasta el aeropuerto JFK. ¿Pero para qué iba a ir al aeropuerto si no tenía dinero para el billete de avión?

Suspirando, se dio cuenta de que estaba metida en un lío.

¿Y cómo no había previsto que pudiera suceder algo parecido antes de aceptar el traslado a los Estados Unidos?

La respuesta era absurda. Aunque lo hubiera previsto, habría estado tan obsesionada con la idea de vengarse de Daniel que también habría aceptado sin más.

Admitía que se había comportado como una idiota.

Por primera vez deseó haberse sacado una tarjeta de crédito. Pero al tener que cubrir las tasas universitarias de Tim y de darle dinero para ropa y gastos personales, le había dado miedo incurrir en deudas que no pudiera pagar.

¿Y qué podía hacer?

Pensó en varias posibilidades, sin mucho éxito. De pronto, se acordó de que Carla podría ayudarla. Y lo haría.

Carla podría comprarle un billete de regreso a Londres con su tarjeta de crédito.

Si es que había plazas vacantes en fechas tan cercanas a Navidad.

Se acercó al teléfono y buscó cambio para la llamada. Le pidió a la operadora que la conectara con el número de la casa.

Segundos más tarde, el teléfono comenzó a sonar.

Y siguió sonando.

–Parece que no hay nadie, señorita –le informó la operadora.

¡Se había olvidado de la diferencia horaria! Carla estaría en el trabajo...

–Me gustaría que intentara otro número –dijo Charlotte, y le dio el número de la boutique.

–Tampoco hay respuesta –la operadora parecía impaciente.

–Por favor, insista –suplicó Charlotte–. Tiene que haber alguien.

Después de una larga espera, Macy contestó:

–¿Puedo hablar con Carla? –preguntó Charlotte.

–No está.

–¿Y cuándo regresará?

–No hasta después de Navidad. Está en Escocia –Charlotte se había olvidado de ese detalle.

–¿Y puedes decirme dónde, en Escocia?

–Creo que los padres de Andrew viven en Dundee.

–¿Tienes la dirección o el teléfono?

–Me temo que no. Mira, tengo que dejarte. Estoy sola y la tienda está llena.

Un segundo más tarde habían colgado el teléfono.

Charlotte comenzaba a sentirse desesperada. Regresó a su mesa y se sentó.

–¿Más café? –Benny apareció junto a la mesa con una jarra de café.

Ella recordó que tenía poco dinero y negó con la cabeza.

Al ver que estaba pálida, Benny le dijo:

–Vamos, mujer. Parece que lo necesita, y le invita la casa.

–Gracias.

Agradecida por su amabilidad, bebió el segundo café mientras pensaba en su problema. Un problema que, con poco dinero, y ningún sitio dónde ir, empezaba a parecerle demasiado grande.

De prono, se acordó de alguien que podría ayudarla. Richard Shirland. Él le había dicho:

–Si necesita cualquier cosa, hágamelo saber.

El inconveniente era que era el primo de Daniel.

Pero parecía tener su propia personalidad. A pesar de que era evidente que Daniel no estaba contento con el interés que él había mostrado hacia su nueva empleada, no se había dejado intimidar.

Mientras se preocupaba por pedirle ayuda a alguien tan cercano a Daniel, alguien le preguntó:

—¿Ha terminado?

Sobresaltada, se volvió y se encontró con un hombre fornido. Tenía un plato con el desayuno en una mano y los cubiertos en la otra.

—Sí... Lo siento.

No se había dado cuenta de que el bar se había llenado. Sintiéndose culpable, dejó libre la silla, agarró la maleta y se dirigió a la puerta.

Tenía la sensación de que la maleta pesaba una tonelada y, después de estar sentada al calor del café, el aire de la calle le parecía aún más frío.

Tiritando, comenzó a caminar. Pero no tenía sentido vagar sin rumbo. Tenía que hacer algo, y Richard Shirland parecía ser su única esperanza. Parecía un hombre decente, y si le pedía que no le dijera nada a Daniel...

Pero su oficina estaba bastante lejos y no podría llegar cargando la maleta.

¿Podría pagarse un taxi?

Hizo un recuento mental de los dólares que tenía y decidió que sí.

Tuvo mucha suerte y, en menos de un minuto, vio un taxi y lo paró.

Metió la maleta primero y después entró en el coche.

—Al edificio Lloyd Wolfe, en Central Park, por favor.

Cuando el taxista dejó a Charlotte frente al elegante edificio, ella atravesó las puertas de cristal ahumado y se adentró en la zona de recepción.

—¿Puedo ayudarla? —le preguntó una chica de cabello moreno que estaba detrás del mostrador.

—¿Podría hablar con el señor Richard Shirland, por favor? —al ver que el reloj que colgaba de la pared solo marcaba las ocho y veinte, añadió—. Si es que ha llegado ya.

—Si no le importa darme su nombre, lo comprobaré con la secretaria.

—Me llamo Charlotte Michaels.

—A lo mejor quiere sentarse un momento, señorita Michaels.

—Gracias —Charlotte se sentó en una de las butacas y dejó la maleta a un lado.

Oyó que la recepcionista decía:

—Señorita Cope, la señorita Michaels quiere ver al señor Shirland.

Durante la pausa que hubo a continuación, Charlotte se preguntó qué diablos iba a hacer si Richard Shirland no estaba allí. ¿Y si había empezado las vacaciones de Navidad con antelación?

Trataba de no pensar en lo peor cuando la recepcionista le dijo:

—El señor Shirland bajará enseguida, señorita Michaels.

–Gracias.

Charlotte sonreía aliviada cuando vio que una chica rubia entraba en el edificio, y con la cabeza agachada cruzaba la zona de recepción. Había algo en ella que le resultaba familiar y Charlotte se quedó mirándola como hipnotizada.

Cuando llegó a su altura, la chica levantó la vista y sus miradas se encontraron. Era la prometida de Tim, Janice.

Igual de asombrada, la chica rubia dio un traspiés y, mirando hacia delante, apresuró el paso.

Cuando Charlotte indagó después de la muerte de Tim, descubrió que Janice había presentado su renuncia y había dejado tanto el trabajo como el apartamento en el que había vivido feliz con Tim.

¿Pero qué diablos hacía esa chica allí?

Janice llegó al ascensor justo en el momento en que se abrieron las puertas y apareció Richard Shirland. Se dieron los buenos días al cruzarse.

Al ver a Charlotte, Richard apresuró el paso.

–Señorita Michaels, me alegro de volver a verla –dijo con una sonrisa–. Es muy madrugadora.

–No sabía si estaría aquí –le dijo ella.

–Como tenía que hacer números para la reunión de finanzas que tenemos esta mañana, he venido a las seis y media. Me cunde mucho más cuando todo está tranquilo.

–La chica rubia con la que acaba de hablar –le dijo Charlotte–. Creo que la conozco.

–Puede que sí. Antes de empezar a trabajar aquí la señorita Jeffries trabajaba en nuestra sede de Londres. Creo que Daniel la trasladó a Nueva York.

Charlotte apretó los dientes. Daniel no se había conformado con seducir a la chica, sino que la había llevado a Nueva York para poder continuar con la relación...

Eso significaba que cuando ella le preguntó si tenía una relación con alguna mujer y él le había contestado que no, estaba mintiendo. También le había mentido al decirle que solo salía con una mujer cada vez.

Sintiéndose como si le estuvieran exprimiendo el corazón, supo que había acertado al abandonarlo y salir corriendo.

Al ver la maleta, Richard le preguntó:

–¿Ha dejado The Lillies?

–Sí.

Él frunció el ceño.

–Me temo que el apartamento no está habitable. Daniel dijo que no se mudaría hasta después de Navidad y la casa está llena de obreros.

—Sí, mencionó que la estaban redecorando, pero yo... —se mordió el labio para contener la emoción.

—¿Ocurre algo? —le preguntó Richard.

—Sí, me temo que sí —admitió ella—. Necesito su ayuda.

—¿Hay algo que pueda hacer? ¿El problema tiene que ver con su trabajo?

—Es un asunto personal —a pesar de sus esfuerzos, los ojos se le llenaron de lágrimas.

Mirando a su alrededor y al ver que el recibidor se estaba llenando de gente, Richard dijo:

—No podemos quedarnos aquí, y dentro de unos momentos mi despacho estará como un panal de abejas... ¿Ha desayunado?

—No.

—¡Estupendo! Yo tampoco. Mire, deme un minuto para que hable con mi secretaria y nos iremos a comer algo mientras hablamos.

Regresó enseguida y, después de dejar la maleta detrás del mostrador de recepción, la llevó hasta Masons, una pequeña cafetería cercana.

Se sentaron en una mesa y pidieron bagels de jamón y queso y café.

Cuando se los sirvieron, él preguntó:

—Imagino que tiene algo que ver con Daniel.

—Por motivos en los que prefiero no adentrarme, me he visto obligada a dejar The Lilies.

—¿Qué ha hecho, insinuársele? No, olvídese de lo que he dicho, no debí preguntárselo. Solo cuénteme qué piensa hacer.

—Irme a casa.

—¿A Inglaterra?

—Sí.

—¿Tan grave es?

Al ver la rabia en sus ojos azules, ella le aseguró:

—No es lo que piensa. En serio. Aunque me gustaría salir de Nueva York lo antes posible.

—Me temo que no hay plazas disponibles estando tan cerca de Navidad. Conozco una persona que ha buscado en todos los vuelos sin éxito.

—Temía que fuera así —dijo ella.

—¿Y cómo puedo ayudarla?

—Hasta que mi compañera de piso en Londres regrese de sus vacaciones y pueda comprarme un billete de vuelta, necesito algún lugar donde quedarme.

—Bueno, hay muchos hoteles en Nueva York.

—No tengo tarjeta de crédito y no tengo dinero —dijo ella.

—Bueno, ¿y por qué no le ha pedido un préstamo a Daniel?

—No podía pedírselo a Daniel.

—Puede que tenga sus defectos, pero no me imagino negándole...

—Me marché esta mañana antes de que despertara —entonces, al percatarse de lo reveladoras que habían sido sus palabras, se sonrojó.

Richard frunció el ceño.

—¿Quiere decir que él no sabe que se ha marchado?

—Apuesto a que ahora ya lo sabe —se preguntaba si estaría enfadado.

—Bueno, si no quiere hablar con Daniel, la empresa le dará un adelanto y cuando empiece a trabajar después de Navidad...

—No volveré a trabajar... Al menos, no para Wolfe International.

—Entonces le haré un préstamo personal.

Charlotte, después de haber pasado años manteniendo a Tim, tenía pánico a endeudarse. Era consciente de que cuando regresara a casa no tendría trabajo y le debería a Carla un billete de avión, pero aun así, dijo:

—Gracias. Es muy amable. Pero, aunque me vea obligada a pedirle un poco de dinero, no puedo permitirme pagar un hotel... ¿No hay otra opción más barata?

—Aparte de los albergues juveniles y de un par de residencias de estudiantes, no es fácil encontrar alojamiento barato en Nueva York. Tengo entendido que hay casas particulares en las que se alquilan habitaciones para unos días, pero no será fácil conseguir alguna en estas fechas —al oír que suspiraba con desesperación, añadió—. Si es necesario, podría echar a los decoradores del apartamento de la empresa.

—No puedo quedarme allí —si Daniel iba a buscarla...

—Siempre puede venir a casa conmigo —al ver que iba a rechazar la oferta, le dijo—. Todo es correcto. En estos momentos estoy viviendo con mi familia mientras hacen obras en mi edificio. Por desgracia, tengo que irme a Florida en cuanto termine la reunión de esta mañana, pero estoy seguro de que mis padres estarán encantados de...

—Gracias, pero no me gustaría implicarlo a usted ni a sus padres hasta ese punto...

—¡Ya lo tengo! —exclamó sin dejarla terminar—. No será a lo que está acostumbrada... Es más, es un lugar bastante lúgubre... Pero tendrá un techo sobre su cabeza y una cama limpia en la que dormir.

–Es todo lo que necesito.

–¿Seguro?

–Seguro.

–Entonces, quédese aquí y termine el desayuno mientras voy a hablar con Martin para arreglarlo todo –al cabo de unos diez minutos regresó–. ¿Está lista para marchar?

Charlotte agarró su bolso y se puso en pie.

Apresurándose hacia la puerta, le dijo disculpándose:

–Siento ir con tanta prisa, pero he dejado el coche en un sitio prohibido y este mes ya me han puesto una multa –abrió la puerta de un coche azul que estaba subido a la acera–. Suba, y en cuanto arranquemos le contaré de qué va todo esto –ella obedeció y, momentos más tarde estaban moviéndose entre el tráfico. Sin apartar los ojos de la calle, comenzó a contarle–. Martin Shawcross, que trabaja con nosotros, acaba de dejar un estudio en un edificio ruinoso de Lower East Side para mudarse a vivir con su novia. Como el alquiler estaba pagado hasta final de mes, y aún tiene que sacar algunas cosas, todavía tiene las llaves. Cuando le expliqué que necesitaba un sitio para quedarse hasta que consiguiera un billete para regresar a Londres, me dijo que podía quedarse allí hasta después de las fiestas, y sin pagarle nada. Me ha dado las llaves, así que pensé que lo mejor era llevarla en coche.

–¿Pero no tenía una reunión por la mañana?

–Sí, pero no es hasta las once, así que nos da tiempo de ir a echar un vistazo.

–¡Oh, eso es estupendo!

–Puede que cambie de opinión cuado vea el sitio. Martin está encantado de mudarse.

La calle en la que Richard detuvo el coche estaba llena de edificios y tenía alguna que otra tienda. Aunque el viento era frío, los tímidos rayos del sol mejoraban la situación.

Aparte de que la puerta y los marcos de las ventanas necesitaban una mano de pintura, el edificio frente al que se habían detenido no parecía muy diferente al resto.

–Bueno, parece que no está tan mal –dijo él–. El apartamento de Martin está en la última planta. Quizá sea buena idea que dejemos la maleta en el maletero hasta que hayamos visto el lugar.

–No, de veras. Estaré bien. Lo sé –dijo ella preocupada porque Richard no iba a llegar a la reunión.

Sin estar convencido, él sacó la maleta y abrió la puerta de la calle. Desde el hall poco iluminado, salían unas escaleras que desaparecían en la oscuridad. Las paredes estaban pintadas de color mostaza y la pintura empezaba a descascarillarse. El aire frío de la escalera olía a comida rancia.

Richard se volvió hacia la puerta.

–Creo que este no es un lugar...

Agarrándolo del brazo, Charlotte lo interrumpió.

–Oh, por favor... Ya que hemos llegado hasta aquí echémosle un vistazo.

Richard tensó los labios, agarró la maleta y subió los cinco pisos que había hasta la última planta.

Junto a una pared había una pila de periódicos viejos y un par de cajas de cartón, y tras una puerta marrón se oía el sonido de una radio.

Abrió la puerta del fondo del rellano y, después de que Charlotte entrara, dejó la maleta junto a unas cajas que estaban listas para llevarse.

El aire del estudio estaba frío y húmedo. Apenas había un armario viejo, una cajonera, una mesa de madera con una silla, una butaca y un pequeño diván que servía de cama.

Había una estufa de gas dentro del hueco de la chimenea y en una estantería que había al lado, un televisor pequeño.

Una cortina separaba la habitación de la pequeña cocina y también había una puerta que daba a un baño. Una ventana mugrienta daba a la parte trasera donde se encontraban los cubos de basura y una oxidada escalera de incendios.

La calefacción no parecía funcionar y, en el techo, había manchas de moho. En algunos lugares, el papel de las paredes se había despegado por la humedad.

—No me gustaría dejarla aquí sola durante las navidades —dijo Richard—. Por un lado, hace mucho frío. Mire, déjeme que la lleve a un hotel y me aseguraré de que la empresa se haga cargo de la cuenta. Ya que la hemos traído a los Estados Unidos, es lo mínimo que podemos hacer.

Pero ella había querido ir, y si Daniel estaba enfadado y se negaba a que la empresa pagara los gastos, ella tendría que afrontar la deuda...

—No hace falta —dijo con decisión—. Aquí estaré bien. Aunque no sea exactamente un hogar, al menos estaré bajo techo —al ver que él negaba con la cabeza, añadió—. Es mejor que terminar en un hostal para pobres.

—Es una mujer cabezota —se quejó él, y dejó las llaves sobre la mesa.

—Soy una mujer agradecida.

Richard sacó la billetera.

—Bueno, si está decidida a quedarse aquí

necesitará un poco de dinero –al notar que se avergonzaba por tener que aceptar el dinero, sin mirarla dejó un puñado de billetes junto a las llaves.

–Gracias –dijo ella–. Me aseguraré de devolvérselo.

–¿Está segura de que quiere quedarse aquí?

–Segura.

–Entonces, a ver si consigo que tenga algo para calentarse antes de irme.

–Por favor, no vaya a llegar tarde a la reunión por mi culpa –dijo con nerviosismo al ver que buscaba el contador del gas.

Tras localizarlo en un armario, metió unas cuantas monedas por la ranura y, con un mechero, trató de encender la estufa. Después de algunos intentos, lo consiguió.

–Estos aparatos queman el dinero, así que será mejor que se asegure de tener bastante cambio.

–Gracias, lo haré –al ver que él vacilaba, y que no quería dejarla allí, Charlotte dijo–: No debo entretenerlo más.

–No me importaría si lo hiciera. Puede entretenerme siempre que lo desee.

–¿El señor Shawcross no se preguntará dónde se ha metido?

–Martin tendrá otras cosas en la cabeza.

Después de comer, se irá con su novia a Upstate. Van a pasar unos días con los padres de él, que tienen un hotel en Marchais —miró el reloj y añadió—. Será mejor que me vaya.

—¿Sabe si Daniel irá a la reunión?

—Dijo que iría.

—No le dirá que me ha visto, ¿no?

—No si usted no quiere que se lo diga.

—No —al ver que se le oscurecía el rostro, le dijo—. Por favor, no culpe a su primo por esto. Todo ha sido culpa mía, y ahora solo quiero regresar a Inglaterra y olvidarme de que he estado en Nueva York.

—Siento que las cosas hayan terminado así —dijo él—. Ojalá todo hubiera sido de otra manera.

—No puedo agradecerle todo lo que ha hecho por mí, y quizá, ¿podría darle las gracias al señor Shawcross de mi parte?

—Por supuesto.

—Dejaré las llaves en la recepción de la empresa tan pronto como haya conseguido un vuelo —le tendió la mano para despedirse—. Gracias de nuevo por su ayuda. Ojalá pudiera hacer algo por usted.

Él sonrió.

—Si no se ha marchado a casa antes de que yo regrese, ¿quizá podría cenar conmigo sin ningún compromiso?

–Me encantaría –dijo ella, haciendo todo lo posible por parecer entusiasta.

Ya en la puerta, Richard dijo:

–Ah, se me olvidaba, Martin me ha dicho que en el armario hay toallas y ropa de cama limpia.

Cuando se marchó, Charlotte se sintió muy sola.

A pesar de la estufa, hacía demasiado frío como para quitarse el abrigo y recordó The Lilies con nostalgia. La imagen del rostro de su dueño invadía su cabeza... Sus ojos grises, su boca, sus labios...

Nunca volvería a ver ese rostro, excepto en los periódicos.

De pronto, sentía tanta angustia que ni siquiera podía moverse. Era como si estuviera herida de muerte.

Cuando consiguió superar un poco el sentimiento de miseria, decidió que no podía continuar así. Tenía que hacer un esfuerzo por olvidar a Daniel y el pasado, y continuar con el resto de su vida.

Pero el futuro era gris y lúgubre. No veía ni un atisbo de felicidad en él.

Intentó consolarse con la idea de que cuando terminaran las navidades y hubiera regresado a Inglaterra, las cosas serían de otra manera.

Lo único que tenía que hacer era superar los siguientes días. De alguna manera.

En un intento de mantener la desolación al margen se concentró en cosas prácticas. No tenía sentido que permaneciera allí tiritando. Mientras fuera de día, estaría más caliente en la calle, siempre que no parara de moverse.

En cualquier caso, tenía que ir a comprar comida y, si no quería congelarse durante la noche, a buscar cambio para la estufa.

Recogió las llaves y las guardó en el bolso. Dejando la estufa encendida, salió y cerró la puerta.

Regresó al anochecer con una bolsa llena de provisiones. Estaba agotada y apenas podía subir los cinco tramos de escaleras.

Al entrar descubrió que la estufa de gas se había apagado y que la habitación estaba helada. Con los dedos doloridos por el frío, metió más monedas en el contador y la encendió de nuevo.

No había comido al mediodía y sabía que debería ingerir algo, pero no tenía ni fuerza ni apetito.

Después de haber caminado toda la tarde, asediada por los recuerdos y los pensamientos acerca de Daniel, se sentía exhausta, tanto física como anímicamente.

Moviéndose como una anciana, preparó una taza de té y se la bebió frente al fuego de la estufa.

No había libros por ningún sitio y, como necesitaba un respiro de los amargos recuerdos, encendió la televisión. Después de ver un concurso ridículo durante unos minutos, la apagó de nuevo.

Debió de quedarse dormida, porque cuando se despertó, estaba rígida y tenía la espalda y las piernas heladas.

Decidió que el sitio más cálido sería la cama. Buscó unas sábanas y preparó el diván. Sacó su camisón y la bolsa de aseo de la maleta. Intentó encender el calentador de agua y, tras unos intentos, abandonó y decidió cepillarse los dientes con agua helada.

Tiritando, se desvistió delante del fuego y, tras apagar la luz, se metió en la cama sin quitarse el batín.

Tenía los pies helados y permaneció tumbada escuchando el silbido del fuego y el viento que entraba por el cerco de la ventana, envuelta en su soledad como una polilla en su capullo.

Entonces, en uno de los apartamentos contiguos se escuchó el sonido de un villancico y Charlotte recordó que al día siguiente era Nochebuena. Si todo hubiera sido de otra manera, ella habría ido a los Catskills con Daniel.

Fue entonces cuando comenzaron a manar las lágrimas de sus ojos.

Lloró durante mucho tiempo. La noche estaba casi terminando cuando consiguió quedarse dormida, pero inquieta y con sueños infelices, no pudo descansar mucho.

Cuando abrió los ojos, recordó dónde estaba y que tendría que pasar sola la Navidad.

Pero, igual que había hecho la noche anterior, decidió que no podía dejarse llevar por la depresión.

«Tengo que salir adelante», se dijo. Al menos tenía un techo bajo el que dormir. Y amigos. Era mucho más afortunada que muchas personas.

Amar a Daniel Wolfe era una aberración, una locura que pronto superaría.

Aunque él no hubiera sido un mujeriego y el responsable de la muerte de Tim, la relación tampoco habría funcionado. Eran polos opuestos y siempre lo serían.

Daniel había afectado su vida en el pasado, pero no iba a permitir que su futuro también se viera afectado por él.

Miró el reloj y vio que era casi mediodía. Tratando de no pensar más en Daniel, Charlotte salió de la cama y se dirigió al baño.

Tras varios intentos consiguió encender el calentador, y después se fue a preparar una taza de té.

No podía esperar a salir a la calle, así que pegada a la estufa, se apresuró a beberse el té. Buscó ropa limpia en la maleta y se aventuró a darse una ducha.

Pronto descubrió que la temperatura del agua cambiaba de fría a caliente sin más, que la alcachofa de la ducha estaba rota y que el chorro no se dirigía bien. Aun así, era una ducha, y mejor que nada.

A pesar del vapor, el baño estaba helado y en cuanto cerró el grifo, comenzó a tiritar.

Se cubrió la cabeza con una toalla y corrió a secarse delante de la estufa.

Había empezado a nevar otra vez. En la repisa de la ventana se amontonaban grandes copos de nieve y el aire que entraba por el cerco era helador.

Charlotte decidió que si hacía muy mal tiempo se refugiaría en unos grandes almacenes. E incluso, se permitiría el lujo de comer tarde en algún sitio, ya que era Nochebuena...

Nochebuena...

«Daniel estará de camino a los Catskills», pensó. «Quizá se haya llevado a Janice».

Sintiéndose muy sola, se puso la ropa interior y, estaba a punto de secarse el cabello cuando llamaron a la puerta.

Era algo tan inesperado que se sobresaltó.

¿Quién diablos podía ser? La única persona que sabía que estaba allí era Richard, y se suponía que estaba en Florida...

Aparte de Martin Shawcross, por supuesto. A lo mejor había ido a recoger alguna cosa, o para ver quién era ella.

Suspirando, se puso el batín y, tras abrocharse bien el cinturón, se dirigió a abrir.

Capítulo Siete

Ya había abierto la puerta antes de acordarse de que Richard le había dicho que Martin Shawcross se iba a Upstate. Aun así, la persona que estaba en la puerta era la que menos esperaba encontrar y durante un par de segundos se quedó boquiabierta mirándolo.

Daniel... Daniel estaba allí.

En lugar de haberse ido con Janice a los Catskills había ido a buscarla.

Se puso eufórica, llena de felicidad, y en un instante, volvió a la realidad.

Se percató de que aunque él estuviera allí las cosas no habían cambiado.

No cambiaba el hecho de que, al enamorarse de él, había traicionado a su hermano. Ni que él seguía teniendo una aventura con Janice. No cambiaba el pasado, ni significaba que él estaba interesado en ella.

Intentó cerrarle la puerta en las narices, pero él fue más rápido y metió el pie para impedírselo.

Momentos más tarde, se encontró con él dentro de casa y la puerta cerrada.

La miraba fijamente, estaba serio y con los brazos cruzados. Tenía copos de nieve en el cuello del abrigo y en el pelo.

–¿Qué es lo que quieres? ¿Por qué has venido? –le preguntó con el corazón a mil por hora.

–¿Tú qué crees?

Su expresión, y sus palabras, dejaban claro que estaba enfadado por cómo se había marchado sin decirle nada.

–¿Cómo has sabido dónde encontrarme?

–¿Acaso importa? Si culpas a Richard por haberte descubierto, te equivocas. Él no me dijo que te había visto. Si lo hubiera hecho, no me habría costado tanto encontrarte.

–Le pedí que no lo hiciera –admitió ella.

–Lo suponía.

–Y ahora que me has encontrado, imagino que quieres una disculpa.

Al mirarlo a los ojos, se percató de que estaba furioso.

–Una disculpa no estaría mal, pero quiero mucho más que eso.

–¿El dinero que te has gastado en mí?

–Quieres dejar de ser tan descortés, a menos que quieras que te tumbe en mis rodillas y te dé un azote.

Charlotte dio un paso atrás y, al hacerlo, la toalla que llevaba en la cabeza se le cayó a un lado.

Un brillo de diversión apareció en los ojos de Daniel.

Quitándose la toalla y sacudiendo la melena mojada, ella lo miró con toda la dignidad que pudo.

—Lo siento, no debía haber dicho eso.

—No, no debías haberlo dicho.

Respiró hondo y trató de hablar con formalidad.

—Has sido muy amable conmigo, y espero que me perdones por marcharme sin más.

—¡Bravo! —dijo él con sarcasmo.

—Bueno, ¿y qué más quieres? —preguntó ella, ocultando su temor.

—Como ya te he dicho, mucho más. Incluidas las respuestas de muchas preguntas. Tales como por qué te marchaste sin decir adiós, y por qué has decidido regresar a Inglaterra —así que él se había enterado—. Pero pueden esperar a otro momento. Ahora quiero que nos vayamos. La previsión del tiempo dice que va a haber tormenta de nieve, y tenemos mucho camino por delante —al ver que lo miraba muy seria, le recordó—. Si te acuerdas, aceptaste pasar las navidades en los Catskills conmigo.

A pesar de todo, durante un instante, sintió que la tentación era muy grande. atontada por el amor y el deseo, no conseguía olvidarlo y trató de convencerse de que si pasaba más tiempo en su compañía, veía su rostro, oía su voz, estaba con él, podría mantenerlo todo bajo control.

Pero enseguida, el sentido común le advirtió de que no era así.

—He cambiado de opinión.

—¿De veras? —preguntó él arqueando una ceja.

—No quiero pasar contigo las navidades allí, ni en ningún sitio.

Sabiendo que estaba corriendo el mayor riesgo de su vida, le dijo:

—Aunque resulte poco caballeroso, he de decirte que en estas circunstancias lo que cuenta es lo que yo quiero... Así que puedes empezar a ponerte la ropa... ¿A menos que quieras que te la ponga yo?

—No, ¡por supuesto que no!

—Entonces, te daré cinco minutos para que te seques el pelo y te vistas.

—No tengo que vestirme, no voy a ir a ningún sitio.

—Muy bien —dijo él, y se encogió de hombros.

Charlotte creyó que había ganado hasta que vio que él se acercaba a ella.

—Déjame en paz —retrocedió hasta chocar con una silla—. Te he dicho que no voy a ir a ningún sitio.

Ignorando su protesta, Daniel comenzó a desabrocharle el cinturón del batín.

Medio sofocada y desesperada por quitarle las manos de encima, protestó:

—No quiero que me vistas.

—Estaba pensando en desvestirte —le abrió el batín y le acarició el contorno del sujetador, haciendo que se estremeciera—. Imagino que el lugar más calentito de este maldito agujero es la cama, y si no vamos a irnos a ningún sitio tendremos que buscar la manera de pasar el rato. Si tienes suficientes víveres, no tendremos que salir de la cama hasta que pase la Navidad.

—Si no te vas ahora mismo, comenzaré a gritar.

—Cariño, no podemos molestar a los vecinos —dijo él con calma. Instantes más tarde, Daniel estaba besando a Charlotte en la boca. Ella intentó zafarse, pero él la sujetó con fuerza y continuó besándola hasta dejarla sin respiración y con las piernas temblorosas. Entonces, le preguntó con ironía—. ¿Sigues pensando en que gritar es una buena opción?

Ella susurró con voz temblorosa.

—No quiero pasar las navidades contigo. No quiero saber nada de ti. Eres un bruto, una bestia y un demonio y pronto...

Daniel le cubrió los labios con un dedo y dijo:

–Puedes llamarme todo eso más tarde, pero ahora hay que tomar una decisión –ella giró la cabeza y miró a otro lado, temblando de arriba abajo–. ¿Entonces qué? ¿Pasamos la Navidad en los Catskills o aquí? –al ver que dudaba, él comentó–. Si te digo la verdad, empieza a gustarme la idea de quedarnos aquí... –al ver que ella rodeaba la silla y retrocedía aún más, él dio unos pasos adelante–. Nos ahorraríamos un largo camino y, he de admitir que, no puedo esperar para volver a hacerte el amor –Charlotte se chocó con el diván y se sentó. Él sacó un teléfono del bosillo–. Lo malo es que aunque tengo un montón de ropa y cosas que necesito en la cabaña, aquí no tengo ni un cepillo de dientes. Así que tendré que llamar a la señora Morgan y pedirle que...

–¡Espera! –gritó Charlotte–. Si acepto ir contigo, ¿me prometes que no me tocarás?

–No –dijo él–. Pero te prometo que no te forzaré de ninguna manera. Si te acuestas conmigo o no, dependerá de ti.

Esa opción era la mejor, aunque ella sabía que era muy arriesgada.

–Muy bien... Iré.

–Entonces será mejor que primero te seques el pelo –dijo Daniel–. ¿Hay alguna toalla limpia en algún sitio?

–En lo alto del armario –hizo ademán de levantarse.

–Tú quédate ahí. Iré yo –regresó al cabo de un momento con una toalla verde.

Con el corazón acelerado, Charlotte se quedó muy quieta mientras él comenzó a secarle el cabello. Cuando consideró que estaba lo bastante seco, Daniel le preguntó–. ¿El cepillo?

–En el baño.

Regresó con él y comenzó a cepillarle los nudos del pelo, observando la melena rojiza moverse bajo sus manos. Al cabo de un rato, dijo:

–Ya está.

–Gracias –dijo ella con voz temblorosa.

–Ha sido un placer –contestó él. Cuando ella comenzó a recogerse la melena, él dijo–. Déjatelo suelto, me gusta más.

Charlotte estaba demasiado frágil emocionalmente para discutir, y tiritando por la mezcla de frío y nerviosismo, se puso el resto de la ropa lo más rápido que pudo y recogió sus pertenencias.

Tan pronto como cerró la maleta, Daniel la agarró y, después de guardar las llaves y apagar la estufa, se dirigieron a la puerta.

–¿Qué ibas a hacer con las llaves? –preguntó él mientras bajaban por las escaleras.

–Dije que las dejaría en la recepción de tu empresa.

–En ese caso, se las daré a Martin Shawcross cuando lo vea –dijo él, y se las guardó en el bolsillo. Afuera, la acera seguía cubierta de nieve y el viento levantaba algunos copos. Charlotte se sorprendió al ver un coche cuatro por cuatro oscuro aparcado junto a la acera, ya que esperaba encontrarse una limusina con Perkins al volante–. Este es mi medio de transporte para cuando hace mal tiempo –explicó Daniel.

Metió la maleta en el maletero y, tras ayudar a Charlotte a subir al asiento del copiloto, se sentó al volante.

Momentos más tarde, estaban en la carretera y sobre el parabrisas caían grandes copos de nieve.

Durante un rato, fueron en silencio, mientras Daniel se concentraba en el tráfico y Charlotte intentaba aclarar sus sentimientos.

Se sentía nerviosa y asustada, llena de incertidumbre y confusión. ¿Por qué la había obligado a mantener sus planes? ¿Solo para salirse con la suya? ¿O era una manera de castigarla por lo mal que lo había tratado?

Casi seguro, se trataba de lo último. Estaba rabioso y quería desahogarse de alguna manera.

Pero no lo haría de forma física, de eso Charlotte estaba segura. Daniel no era un hombre de esa clase, tenía una mente táctica y sutil que la aterrorizaba.

Temblando por dentro, se enfrentó al hecho de que en lugar de sentirse sola durante los días siguientes, se sentiría asustada.

Por ejemplo, cuando él le pidiera la respuesta a sus preguntas ¿qué iba a decirle?

Desde luego, no le diría la verdad.

Si él descubría lo que ella sentía por él, le serviría para llevarla a la cama y después, cuando terminaran las vacaciones, dejarla tirada y reír el último.

Así que no debía permitir que lo descubriera.

Y ella debía encontrar una defensa contra sus sentimientos. Si no lo hacía, se le rompería el corazón.

Desesperada, recordó que había creído que sufriría una sola vez al separarse de él. Sin embargo, serían dos veces.

¡Todo ese dolor por un hombre que no merecía la pena! ¿Cómo había podido entregarse en corazón, cuerpo y alma a un hombre como Daniel?

Si él no la hubiera encontrado...

Pero lo había hecho, y la única manera que tenía ella para afrontar ese viaje a los Catskills era manejar la situación de la manera más prosaica posible.

Eso significaba recuperar una relación, si no amistosa, al menos civilizada.

Miró a Daniel de reojo. Su rostro era delgado y sus rasgos resultarían atractivos incluso cuando fuera un anciano.

Daniel se percató de que Charlotte lo estaba mirando y, al verlo, esta se sonrojó.

Hacía un buen rato que habían salido de Manhattan cuando, armándose de coraje, ella se aclaró la garganta y preguntó:

—¿Cuánto se tarda en hacer el viaje?

Mirando los copos de nieve, que eran más pequeños pero caían más rápido, Daniel contestó:

—Difícil de saber. Un par de horas o así, depende de las condiciones.

—¿Dónde está la cabaña, exactamente?

—A mitad de una montaña a las afueras de un pueblo llamado Hailstone Creek.

—¿Cómo es de grande?

—No mucho. Tres habitaciones, un par de baños, un salón y una cocina. Todo muy sencillo.

—¿Dijiste que era la casa familiar?

—Hailstone Lodge era la casa de vacaciones, pero como el lugar me traía muy buenos recuerdos y me gustaba, decidí quedármela.

—¿Así que no vivíais en la cabaña?

—No. Vivíamos en Albany. Mi hermana y yo nacimos y nos criamos allí, y solo nos mudamos cuando fuimos a la universidad. Durante toda nuestra infancia solíamos ir a la cabaña a pasear en verano y a esquiar en invierno.

—Yo fui a esquiar una vez con el colegio y me encantó —dijo Charlotte—. Pero las pistas fáciles no tendrán mucho que ver con las de los Catskills.

—Bueno, es un comienzo —dijo él—. Y una vez que tienes la base, esquiar fuera de pista es divertido...

Durante un rato, charlaron educadamente, y después, Charlotte dejó de hacer esfuerzos y permaneció en silencio mirando el paisaje, preguntándose qué iba a decir cuando terminara todo ese teatro.

Las condiciones meteorológicas habían empeorado cuando pararon en un pequeño restaurante de carretera.

—Creo que nos sentará bien beber algo —dijo Daniel. Una vez dentro, preguntó—. ¿Te apetece comer algo?

Ella negó con la cabeza.

—¿Has comido al mediodía?

—No —admitió—. Pero no tengo hambre.

Mientras se tomaban el café, Daniel no dijo nada y Charlotte se preguntó si se arrepentía de haber decidido que lo acompañara.

«Si él no me hubiera presionado tanto, sin duda, habría pasado las vacaciones en los brazos de cualquier otra mujer».

«Janice, por ejemplo», pensó Charlotte con amargura

Cuando reiniciaron el viaje, el viento soplaba con fuerza y lanzaba grandes puñados de nieve contra el cristal del coche.

A pesar de las condiciones, Daniel continuó conduciendo tranquilo, y Charlotte, cansada por no haber dormido mucho la noche anterior y medio hipnotizada por el movimiento de los limpiaparabrisas, se quedó dormida.

Al despertar, estaba oscuro y estaban subiendo por una carretera nevada. Se sentó derecha y miró por la ventana. Apenas se veía la carretera.

—Acabamos de pasar Marchais —dijo Daniel—. Ya no queda mucho.

—Me alegro —contestó ella—. Debes estar conduciendo por intuición.

—Ayuda el hecho de que me conozco la carretera.

Habían recorrido como media milla cuando torcieron a la derecha entre unos árboles y, momentos más tarde, iluminaron una casa con los faros.

Era una casa de madera y de una sola planta que tenía un porche cerrado en la parte delantera. El tejado era muy inclinado y, de una de las chimeneas, salía humo.

–Espera un minuto –dijo Daniel, y salió del coche para abrir la puerta de la casa. Regresó enseguida y, agarrando a Charlotte por la cintura, la acompañó hasta el interior. Dejó la maleta que llevaba en la otra mano sobre un banco, y tras quitarle el abrigo a Charlotte, lo sacudió y lo colgó en un armario. Después, se acercó de nuevo a la puerta y dijo–. Ponte cómoda, voy a guardar el coche.

Al ver que parecía muy tenso y cansado, ella le preguntó:

–¿Y tienes que guardarlo?

–Creo que será mejor que tenerlo que desenterrar si sigue nevando.

Cuando cerró la puerta, ella miró a su alrededor. La habitación era agradable y espaciosa, con las paredes pintadas de color miel y el mobiliario imprescindible.

La chimenea estaba encendida y sobre la repisa había una rama de abeto como decoración. A un lado de la chimenea había una cesta llena de troncos partidos y, en una pequeña alcoba, otro montón de leña apilada.

De una habitación salía un delicioso aroma a comida. Charlotte abrió la puerta y encontró una pequeña cocina con muebles de pino y un par de cómodas butacas colocadas frente a una cocina negra.

A un lado de la cocina había una olla hirviendo a fuego lento y, en el otro, una cafetera de metal reposando sobre un salvamanteles. Sobre un calientaplatos, dos cuencos de barro cocido.

Aunque Daniel había mencionado a la señora Munroe, allí no había nadie.

Al instante, se abrió la puerta delantera de la casa y, segundos más tarde, Daniel apareció en la cocina. Se había quitado el abrigo y llevaba un jersey negro.

Se acercó a la cocina y acercó las manos al calor. La nieve se derretía sobre su cabello oscuro y, mientras ella lo observaba, una gota cayó sobre su mejilla. Él se la secó con el dorso de la mano.

El reflejo de la lumbre iluminaba su rostro. Con la boca tensa y la expresión seria, parecía un hombre adusto e imponente. Nada parecido al hombre sonriente que ella había conocido.

Charlotte respiró hondo y dijo:

–Aunque hay comida preparada sobre la cocina, no he visto a la señora Munroe.

–Y no la verás.

–¿No vive aquí?

–No, vive como a una milla de distancia por el camino. Imagino que, al ver que empeoraba el tiempo, se habrá ido a casa lo antes posible.

«Así que estamos solos».

Charlotte sintió un nudo en el estómago y balbuceó:

–Con esta nieve debe ser igual de difícil caminar que conducir.

–Tengo entendido que la señora Munroe vivía en Maine antes de casarse y de mudarse al estado de Nueva York, así que está muy acostumbrada a la nieve. Estoy seguro de que ha venido en su moto de nieve –dijo él con frialdad.

–Ah, ya... yo nunca he montado en moto de nieve, pero imagino que es muy divertido.

–Muy divertido –admitió él–. Si te apetece probar mañana, hay una en el garaje.

–Me encantaría.

–Y ahora, puesto que ninguno de los dos hemos comido, ¿qué tal si comemos?

–Por supuesto... –Charlotte se fijó en que todo lo necesario estaba en la mesa y preguntó–. ¿Sirvo la comida?

Él contestó con sarcasmo.

—Puesto que eres mi invitada, aunque sea de manera forzosa, yo haré los honores —Charlotte se sentó y lo observó mientras servía un guiso de carne con verduras en los cuencos. Dejó uno frente a ella y le dijo—. Empieza. Auque es una cena de Nochebuena poco tradicional, te darás cuenta de que la señora Munroe hace unos guisos estupendos.

Sin mucho apetito, Charlotte agarró el tenedor. Al cabo de un par de bocados, se dio cuenta de que estaba hambrienta y se lo comió todo, e incluso rebañó el plato con un pedazo de pan casero.

Cuando levantó la vista, descubrió que Daniel la estaba mirando.

—¿Cuándo fue la última vez que has comido?

—No estoy segura —dijo ella, sonrojada.

—¿Cuándo?

—En el desayuno.

—¿Esta mañana?

—Ayer por la mañana —admitió.

—¡No comer durante tanto tiempo es una idiotez! ¿Por qué diablos...? —después, cuando recuperó el control de sus emociones, dijo más tranquilo—. Hablaremos cuando terminemos de cenar. Se puso en pie, se acercó al horno y regresó con una tarta. Sacó dos platos del armario y un cartón de nata de la nevera–. Tomarás un poco, ¿no? –le preguntó

–¿Qué tipo de tarta es?

–De manzana.

–¿Cómo lo sabes?

–La señora Munroe es muy constante. Por lo que yo recuerdo, siempre me ha dado la misma comida. Pero su tarta de manzana, igual que sus guisos, es de primera.

–Entonces tomaré un poco, por favor.

Daniel cortó dos pedazos y sirvió un poco de nata sobre ellos.

Charlotte aceptó un plato y trató de bromear.

–¿El último que termine friega?

–Por suerte, hay un lavavajillas detrás de la puerta de ese armario. Sin embargo, el que termine el último puede llenarlo y servir el café.

Sin darse ninguna prisa, Charlotte terminó la última. Mientras él se fue al salón, ella retiró los platos y sirvió dos tazas de café.

Cuando las llevó, Daniel ya había avivado el fuego y estaba cerrando las cortinas. Después se sentó en el sofá frente a la lumbre.

Parecía que había tomado alguna decisión, y había cierto brillo en sus mirada que a Charlotte le resultaba incómodo.

Se sentía como si tuviera el estómago lleno de mariposas revoloteando, dejó las tazas sobre la mesa de café y paseó de un lado a otro deseando no estar allí.

Daniel sonrió como si supiera exactamente lo que ella pensaba y sentía. Parecía que disfrutara de su temor. Agarró una de las tazas y le preguntó:

—¿Tienes miedo de que te muerda si te acercas demasiado?

—Por supuesto que no —a pesar de sus esfuerzos, balbuceó.

—Entonces, ¿por qué no te sientas? —dijo dando palmaditas en el sofá. Ella se sentó en una de las sillas más alejadas y vio que él hacía una mueca—. Veo que no corres riesgos.

Ignorando el comentario, ella miró el fuego y contempló cómo las llamas prendían los troncos. Se preguntaba cómo iba a sobrevivir el resto de la tarde manteniendo sus defensas intactas.

Por supuesto, acostarse temprano la ayudaría.

Fingiendo un bostezo, dijo:

—Me temo que anoche no dormí mucho. Hacía demasiado frío... Así que, si no te importa, me gustaría irme a la cama temprano.

—Me parece muy buena idea —dijo él—. Pero primero quiero que me cuentes por qué te marchaste de manera tan repentina.

—No... no quiero hablar de ello.

—Puesto que estabas viviendo en mi casa, y dormiste en mi cama, ¿no crees que tengo derecho a saberlo? —mordiéndose el labio, Charlotte no dijo nada—. ¿Tienes idea de cómo me sentí cuando desperté y vi que no estabas? —al ver que no decía nada, Daniel dejó la taza y la miró fijamente—. ¿No se te ocurrió pensar que podría preocuparme? —ella había imaginado que él estaría furioso al ver cómo se había marchado, pero no esperaba que estuviera preocupado—. Bueno, ¿no? —insistió él.

—No. Soy una mujer adulta, no una niña.

—Sin duda, eres una mujer adulta, pero eso no impide que te hayas comportado como una niña —dijo él—. Es más, cualquier niño habría tenido sentido común como para no dejar de comer. Tenía motivos para preocuparme por ti.

—No he dejado de comer a propósito. Por algún motivo, no tenía hambre.

Él suspiró.

—Dime, Charlotte, ¿qué te hizo salir huyendo como un conejo asustado?

—No tengo intención de hablar de ello —contestó alzando la barbilla.

—Ya veo... Un conejo con carácter. ¿Y qué

te hizo escapar?

Sabiendo que él no abandonaría hasta que no supiera la respuesta, ella admitió:

–Me di cuenta de que no debía haber ido.

–Pensé que te gustaba Nueva York.

–Así es.

–Entonces, ¿era yo el que no te gustaba?

–No quería liarme contigo.

–¿Por qué no?

–Nunca tengo aventuras o me acuesto con el jefe.

–¿Y por qué lo hiciste?

–No lo sé... sucedió.

–Debiste sentirte atraída –dijo él–. De otro modo, no te habrías acostado conmigo.

–¡Ojalá no lo hubiera hecho!

–¿No te gustó? –Charlotte deseaba decir que no, pero no pudo. Al ver que se ruborizaba, le preguntó–. ¿Y te despertaste culpándome a mí por lo que había pasado?

–No –susurró ella–. Yo tenía la misma culpa.

–Los dos somos mayores de edad, así que ¿por qué hablas de culpables?

–Porque no debía haber sucedido.

–¿Y por qué no?

–Ya te lo he dicho. Acostarme con el jefe no es mi estilo.

Al ver que cada vez estaba más sonrojada, dijo:

—Pero el hecho de que te comportaras de manera diferente a otras veces, no significaba que tuvieras que irte.

—Lo que pasó hizo que mi puesto fuera insostenible.

—Bueno, aunque despertaras y te arrepintieras de todo, fue una estupidez que te marcharas como lo hiciste. ¿Por qué no hablaste conmigo? ¿Por qué no me contaste lo que pensabas hacer? ¿O tenías miedo de que te convenciera para que te quedaras? —la expresión de Charlotte le sirvió como respuesta—. Si de verdad te arrepentiste de lo que pasó, y no querías comprometer tu puesto en la empresa, lo habría comprendido y te habría mantenido alejada. Jamás se me ocurriría presionar a una mujer.

—¡Bromeas! —exclamó ella—. Me obligaste a venir aquí cuando yo no quería venir.

—¿Por qué no querías venir? ¿Tenías miedo de que si lo hacías terminarías acostándote conmigo otra vez?

—No —mintió ella—. Todo fue un terrible error. Y no tengo intención de cometerlo dos veces.

—Ya veo —dijo con suavidad—. En ese caso, estás a salvo. Dime, Charlotte...

—No quiero contestar más preguntas. Me gustaría irme a la cama, así que si me enseñas dónde voy a dormir...

–¿No quieres quedarte más tiempo despierta, ya que es Nochebuena?

Desesperada por quedarse sola, insistió:

–No, preferiría irme ahora, si no te importa.

–Muy bien.

Daniel se puso en pie y la guió hasta una habitación que había a la izquierda, donde había una lamparita de noche encendida.

Una vez más, el mobiliario era sencillo y escaso, pero había una cama doble con almohadas y edredón de plumas.

Mientras ella miraba a su alrededor, él le llevó la maleta y la dejó sobre un baúl de madera. Después, cerró la puerta, se apoyó en ella y sonrió.

Su sonrisa hizo que a Charlotte se le secara la boca y la garganta.

Capítulo Ocho

Mientras ella permanecía de pie mirándolo, con el corazón acelerado y la respiración forzada, él se quitó el jersey y lo dejó en una silla cercana. Debajo llevaba una camisa de seda granate y una corbata de rayas.

Se aflojó el nudo de la corbata y se la quitó del cuello. La enrolló con cuidado y la dejó sobre la mesa antes de empezar a desabrocharse los puños de la camisa.

—¿Qué estás haciendo? —preguntó ella con nerviosismo.

—Desabrocharme los puños de la camisa.

—¿Y por qué te estás desvistiendo?

—Suelo hacerlo antes de irme a la cama.

—¡Pero no puedes dormir aquí! —exclamó ella.

—Da la casualidad de que este es mi cuarto —le informó.

—Entonces me gustaría dormir en otro cuarto... En un cuarto para mí sola —insistió.

—Como suelo venir aquí solo, me temo que este es el único dormitorio en uso —le dijo—. Así que tendremos que arreglárnoslas.

Además, ya hemos dormido juntos, y ya está todo dicho y hecho, así que no importa.

–Puede que a ti no te importe –protestó ella–, pero yo no quiero dormir contigo. Quiero dormir sola... Y dijiste que no ibas a tocarme.

–Prometí que no te forzaría. Y pienso guardar la promesa. Además, acabas de asegurarme que no vas a cometer el mismo error dos veces... Así que, a menos que no estés segura de poder fiarte de ti misma...

–Estoy segura.

–Entonces, no hay ningún problema. Si cada uno se queda en su lado de la cama, será como dormir solos.

Como si ya estuviera todo aclarado, él comenzó a desabrocharse la camisa. Cuando terminó, se la quitó y la dejó junto al jersey.

Su piel color aceituna brillaba bajo la luz de la habitación, y ella se fijó en su torso musculoso mientras él se desabrochaba el pantalón.

Estaba a punto de bajarse la cremallera cuando Charlotte, nerviosa, se volvió y se metió en el baño oyendo cómo se reía él.

«Esto lo ha planeado el diablo», pensó furiosa. Parte de su castigo era hacerla dormir con él en la misma cama.

A menos que se le ocurriera una manera de evitarlo.

Si hubiera habido un cerrojo en el baño, aunque pareciera algo humillante y cobarde, se habría encerrado y no habría salido.

Pero no lo había. Lo que significaba que él podría entrar en cualquier momento si decidía... Si decidía...

Abrió la puerta de un armario y encontró una pila de toallas y una estantería con artículos de baño. Sacó un bote de gel, un tubo de pasta de dientes, un cepillo de dientes nuevo y un peine. Se dio una ducha, se cepilló los dientes y se peinó mientras decidía qué hacer.

Podía seguir luchando, por supuesto. Pero probablemente era lo que él esperaba que hiciera.

Era un maestro estratega. Si conseguía mantenerla desconcertada, le llevaría ventaja y tendría menos posibilidades de que ella llevara el control de la situación.

Eso era lo que tenía que hacer Charlotte, mantener el control. Con que perdiera la cabeza una sola vez, estaría a su disposición.

¿Así que no sería mejor aceptar la situación y mantener la calma?

Él le había dicho que no la presionaría, así que ya solo tenía que preocuparse de sus propios sentimientos y saber lo de Janice le servía de ayuda. Tener una prueba adicional del tipo de hombre que era hacía que fuera más fácil darle la vuelta a la moneda y que Charlotte pudiera odiarlo...

Tenía el camisón en la maleta y, por tanto, se enrolló una toalla alrededor del cuerpo antes de abrir la puerta.

Aunque la ropa de Daniel seguía donde la había dejado, la cama estaba vacía y no había rastro de él.

La puerta del salón estaba abierta y, al asomarse, ella vio que estaba vacío, aunque frente a la chimenea estaba colocada la rejilla para evitar que cayeran chispas.

Charlotte pensó que Daniel estaría en el otro baño y se agachó para sacar el camisón y el batín de la maleta.

Cierto orgullo perverso la hizo sacar el conjunto que Carla le había regalado por su cumpleaños, un camisón color crema con tirantes y un salto de cama a juego.

—Ya es hora de que te pongas algo elegante —le había dicho su amiga al dárselo.

Había empezado a ponerse el camisón cuando entró Daniel vestido con un albornoz corto y el pelo mojado.

Al ver que se le empezaba a escurrir la toalla, metió el brazo por el tirante equivocado. Durante varios segundos intentó sujetarse la toalla mientras trataba de liberar el brazo.

–Será mejor que te ayude –dijo Daniel, y se acercó para sujetarle la toalla.

Charlotte hizo un aspaviento con la mano y agarró la toalla con más fuerza.

–Será mejor que la sueltes –la aconsejó–. Si sigues así terminarás estrangulándote.

–Vete y déjame en paz.

–¿Seguro que no necesitas ayuda?

–¡Seguro! –dijo ella entre dientes.

Para su sorpresa, él se volvió y se marchó cerrando la puerta tras de sí.

De pronto, Charlotte se sintió decepcionada.

Enfadada por lo estúpida que había sido, decidió que lo mejor sería que se metiera en la cama. Al instante, Daniel llamó a la puerta y se asomó:

–¿Todo arreglado?

–Sí, gracias.

Se acercó a la cama y se sentó en el borde.

–¿Qué estás haciendo?

–Que no te entre el pánico.

–No me ha entrado –mintió ella.

–Qué raro, pues es lo que parece.

–Dijiste que te mantendrías en tu mitad de la cama –le recordó.

–He cambiado de opinión... –dejó la frase a medias y al ver que ella abría los ojos con sorpresa, soltó una carcajada–. ¡Tenías que haber visto tu cara!

—¡Eres un canalla! —le dijo Charlotte.

Él parecía dolido.

—¿Cómo puedes insultarme cuanto yo he decidido portarme bien contigo?

—No quiero que te portes bien conmigo —le dijo con tono tenso.

—Bueno, si es como te sientes... Pero, puesto que no querías compartir la cama, pensé que podía dormir en el sofá frente al fuego... A menos que no quieras que me...

—Sí, quiero.

—Bien, es tu decisión, aunque un poco injusta.

Consciente de que a lo mejor estaba intentando ponerla a prueba, Charlotte contuvo el aliento y esperó a que se marchara.

Cuando se puso en pie y se volvió, a pesar de todo, ella tuvo que contenerse para no suplicarle que se quedara.

Ya estaba en la puerta cuando Daniel dijo:

—Se me olvidaba una cosa —y regresó junto a la cama.

—¿Qué? —susurró ella al ver que se sentaba de nuevo en la cama.

—No me has dado un beso de buenas noches.

—No quiero darte un beso de buenas noches.

–¿Te parece bien? Yo voy a pasar una incómoda noche en el sofá para que no sientas tentaciones.

Ignorando el comentario, ella repitió.

–No quiero darte un beso.

–Vale –convino él–. Te besaré yo. De esa manera te quedará limpia la conciencia –le sonrió mirándola a los ojos.

Solo tenía que mirarla para que todo su cuerpo se tensara.

Agachándose hacia delante, la besó en la boca. Le dio un beso delicado, lleno de magia y sensualidad, y fue mejor recibido que un vaso de agua fría por alguien sediento en el desierto.

Cuando ella separó los labios, la besó de nuevo, más tiempo y con más pasión. También le acarició la espalda. Sujetándole el rostro entre las manos, le besó la frente, las mejillas, los párpados cerrados. Llevó la boca junto a la de ella y le acarició los pechos, jugueteando con sus pezones por encima del camisón de raso.

Ella gimió de placer.

–Si todavía quieres que me vaya, dímelo ahora.

Aunque el deseo la invadía, trató de hacer lo correcto.

–Sí, yo...

Estaba a punto de levantarse cuando Charlotte lo rodeó por el cuello, dejándose llevar por el deseo, y susurró:

–No, no te vayas.

Daniel se quitó el albornoz, se metió en la cama y continuó besándola. Su aroma masculino invadió el ambiente, y con la punta de la lengua, Charlotte recorrió su piel desnuda.

Él le acarició todo el cuerpo, la cintura, las caderas, los muslos, los pechos...

La tela de raso se convirtió en una barrera no deseada y, con ayuda de Daniel, Charlotte se la quitó.

–Así mejor –dijo él, y le acarició el cuerpo otra vez. Llevó la boca hasta su pecho y, con una mano, le acarició la piel sedosa de la entrepierna, dándole placer hasta que ella comenzó a gemir. Estaba tan excitada que creía que si no le hacía el amor pronto, moriría.

–Por favor –susurró. Él dudó un instante y ella insistió–. Por favor, Daniel...

Mientras se colocaba encima de ella, lo miró a los ojos. «Lo quiero tanto», pensó ella y se arqueó hacia él para recibirlo en su interior.

Consciente de que nunca había deseado a una mujer tanto como a aquella, Daniel sonrió y la besó en los labios.

Le susurró palabras bonitas mientras hacían el amor, diciéndole lo bella que era y lo mucho que la deseaba. Se movieron al mismo ritmo durante largo rato, sin cansarse, y alcanzando la cima del placer una y otra vez.

Finalmente, tumbados en silencio esperaron a que la respiración se normalizara, sin dejar de acariciarse. Ella le acariciaba el cabello y la nuca y él le mordisqueaba el lóbulo de la oreja.

Al sentir que tensaba el vientre en respuesta a sus caricias, Daniel sonrió, y ella se estremeció al verlo en la semioscuridad.

Aunque él no había hecho nada para dominarla, lo había conseguido y había sido bien recibido. Era como una tigresa que recibe al macho poderoso.

Pero iba más allá de lo puramente físico. Era como si también se hubiera apoderado de su alma.

Aturdida por sus sentimientos, comenzó a llorar. Al notar que las lágrimas le rodaban por la mejillas, se las besó para secárselas.

Al final, se quedó dormida entre sus brazos y con la cabeza apoyada en su pecho.

Cuando Charlotte se despertó estaba sola en la cama. Era casi mediodía y no se escuchaba ni un ruido.

Se sentó en la cama y, con el corazón acelerado, se preguntó si, la noche anterior, Daniel le habría hecho el amor solo para vengarse y marcharse sin decir nada igual que había hecho ella.

Aquello solo era el comienzo de su dolor, su castigo por enamorarse de un hombre como aquel.

Aunque él no se hubiera marchado esa mañana, es lo que haría al final.

¿Y qué podía hacer ella? Puesto que había aceptado ir con él hasta allí, no le quedaba más remedio que esperar. Pero eso no significaba que tuviera que volver a acostarse con él. Si encontraba la fuerza para decir no, él aceptaría un no como respuesta.

La noche anterior, le había parecido que él también tenía dudas sobre si era adecuado lo que estaban haciendo.

Quizá pensaba que Janice podría ponerse celosa y, si Janice era la mujer con la que pensaba casarse…Y si lo era, ¿por qué no estaba con ella?

No tenía sentido.

Charlotte se sentía como si estuviera al borde de un abismo.

Salió de la cama, se dio una ducha, y se cepilló los dientes y el cabello.

Regresaba a la habitación para buscar ropa limpia cuando entró Daniel en albornoz.

Desde la otra punta de la habitación hizo un gesto de aprobación al ver su desnudez.

—Pareces una ninfa del bosque.

—Estaba a punto de vestirme —dijo ella, y se tapó con el salto de cama.

—Tengo una idea mejor, ven aquí, dame un beso y regresa a la cama.

—No puedo...

—Claro que puedes —dijo él—. He pensado que como es Navidad podíamos desayunar en la cama.

—Oh...

—No hace falta que solo desayunemos, si te he decepcionado.

—No.

—Qué lastima. Aun así, ven a darme un beso —al ver que no se movía, la amenazó—. ¿Tengo que ir a buscarte?

—Por favor, Daniel —susurró ella.

Al ver angustia en sus ojos, dijo despacio:

—Entonces, lo de anoche ¿no ha cambiado nada?

—¿Esperabas que lo hiciera?

—Quizá no —admitió él—. Todavía hay muchas cosas que no hemos resuelto. Pero con el desayuno esperando no es el momento de hacerlo. ¿Prefieres desayunar en la cama o frente al fuego?

—Frente al fuego —eligió sin dudar un instante.

—Muy bien.

Tan pronto como salió de la habitación, ella se puso la ropa interior, un par de pantalones y un jersey y se marchó a la cocina.

Daniel también se había vestido, y llevaba un polo oscuro y unos pantalones.

La hizo sentar en una silla frente a la lumbre y le dio una servilleta, un tenedor y un plato antes de sacar del horno una fuente llena de comida.

—Sencillo pero sabroso, espero —había huevos duros partidos por la mitad, beicon, salchichas, maíz, tomates pequeños, champiñones, y judías fritas—. ¿Te sirvo un poco de todo?

Antes de que dijera nada, ya le estaba llenando el plato.

La comida tenía muy buen aspecto y olía estupendamente.

Comieron en silencio y cuando terminaron metieron los platos en el lavavajillas y sirvieron el café.

Charlotte se sentía nerviosa y tensa, y temiendo que le hiciera cualquier pregunta se quedó contemplando el fuego, deseando no estar allí.

Él la miró fijamente hasta que consiguió que ella se volviera para mirarlo.

–Ahora dime qué te hizo marchar sin decirme nada.

–Ya te lo he dicho.

–Pero no me has contado toda la historia. Tiene que haber algo más. Quiero saber por qué decidiste abandonar tu trabajo y regresar a Inglaterra –ella negó con la cabeza–. Como responsable por haberte traído aquí, ¿no crees que me merezco una explicación? –al ver que permanecía en silencio, la atacó desde otro ángulo–. ¿Y si no tenías nada para irte, por qué no me pediste todo lo que necesitabas? Fue una idiotez marcharte así, sin billete de vuelta y sin dinero.

–¿Cómo sabes que no tenía dinero?

–Cuando hablé con Richard admitió que te había dejado dinero.

–¡Entonces mentías cuando dijiste que Richard no me había descubierto!

–No mentía, y él no te descubrió. Al principio no sabía que él te había visto. Obtuve la primera pista de una fuente totalmente distinta y me enteré de que Richard estaba implicado en esto. Él me lo contó cuando lo llamé a Florida y le dije que... –Daniel se calló de golpe.

–¿Que irías a partirle la cara?

Él arqueó una ceja.

—Pero se te da bien pegar a los mortales ¿verdad? —continuó ella.

—¿Por qué dices eso?

La tensión se apoderó de ellos.

—Es algo que he oído decir —murmuró ella, y añadió rápidamente—. Me sorprende que te tomaras tantas molestias para contactar con Richard. Después de todo, debe haber muchas mujeres que estarían encantadas de mantener tu cama caliente.

«Janice, por ejemplo».

—Parece que toda la basura que ha publicado la prensa se te ha quedado grabada —le dijo fríamente.

Ella quería decirle que sabía lo de Janice, y que le estaba mintiendo. Echarle a la cara la muerte de Tim. Pero incapaz de hacerlo, le dijo:

—No necesito los artículos de la prensa para saber que eres un completo canalla.

—¿Y de qué me acusas? Si no lo sé no puedo empezar a defenderme. Dejando el pasado a un lado, parece que ahora también estoy teniendo mala prensa. Richard me ha acusado de atacarte, prácticamente.

Ella se sonrojó.

—Lo siento. Ha sido de manera injustificada. Intenté decirle que todo había sido culpa mía, pero me resultó difícil explicarle por qué había dejado The Lilies sin más.

Él la miró.

–Ojalá me lo pudieras explicar a mí –al no obtener respuesta, continuó–. Al menos, dime que he hecho para que me llames canalla.

–Me obligaste a venir aquí contigo.

–¿Seguro que no es más que eso?

–¿No es suficiente?

–Si de verdad no hubieras querido venir podrías haberme puesto en evidencia.

–Ojalá lo hubiera hecho.

Suspirando, decidió abandonar por el momento y se puso en pie.

–Bueno, ya que estás aquí, sería una lástima que no conocieras la zona –la agarró de la mano para que se pusiera en pie–. Si quieres probar la moto de nieve ve a ponerte ropa de abrigo mientras yo enciendo las chimeneas y saco la moto.

Cuando terminó de vestirse, Charlotte salió al porche .

El aire era frío, pero el sol brillaba en un cielo azul. La nieve se había amontonado y, en algunos lugares, formaba figuras extrañas.

Segundos más tarde escuchó el ruido de un motor. Daniel apareció por el lateral de la casa montado en una máquina negra parecida a una moto de carretera, pero que en lugar de ruedas tenía tablas.

—¿Has montado alguna vez en el asiento trasero de una moto?

—Un par de veces —admitió ella.

Tim había insistido en comprarse una moto cuando cumplió los dieciocho años y, después de algunos pequeños accidentes, por miedo a que se matara, ella se negó a seguir pagándole los plazos y tuvo que devolverla.

—Bueno, pues ir en las de nieve es mucho más fácil. Son más estables —le dio un casco como el que llevaba él y le dijo—. Póntelo y sube.

Tomaron el camino por el que habían llegado la noche anterior. Protegida por el parabrisas y el cuerpo de Daniel, no pasó tanto frío como esperaba y, decidida a vivir el momento y a olvidar sus penas, pronto descubrió que estaba disfrutando del paseo.

Al cabo de un rato tomaron velocidad y eso aumentó la emoción que sentía Charlotte.

—¿Te está gustando? —le preguntó él por encima del hombro.

—¡Me encanta! —contestó ella con entusiasmo.

Durante la siguiente hora, pasaron por varias aldeas y se metieron por diferentes caminos, parando de cuando en cuando para ver algunos puntos de interés.

Después de subir hasta lo alto de una colina, Daniel paró el motor y dijo:

–Aquí hay una vista que no nos podemos perder –la llevó entre unos árboles, se acercó a ella y la abrazó desde atrás, protegiéndola del viento–. ¿A que es preciosa?

–Maravillosa –comentó ella.

–En aquella dirección está la Ashokan Resevoir y, más al norte, el pueblo de Woodstock –señaló con un dedo. Al mover la mano, le rozó el pecho y ella se estremeció–. Tienes frío... –le dijo–. Será mejor que nos vayamos.

Cuando descendieron de la colina, llegaron a un lago batido por el viento y él le dijo que se llamaba Beaver Lake. El sol estaba ocultándose y el cielo se había vuelto de color rosado.

Rodearon el lago hasta que llegaron a una presa de madera y a una pequeña laguna helada. En el centro había un montículo de ramas apiladas.

Daniel apagó el motor y le preguntó a Charlotte:

–¿Has visto alguna vez de cerca una madriguera de castor?

–No... pero me encantaría.

–Pues puede que esta sea tu oportunidad. La ayudó a bajarse de la moto y fue a investigar la laguna.

—Por aquí ha habido bastante actividad últimamente, lo que significa que la capa de hielo no será muy gruesa... —observándolo, Charlotte se dio cuenta de que siempre había pensado en él como un hombre de negocios, un hombre de ciudad...

Sin embargo, esos días lo veía desde otra perspectiva, escuchaba el eco de un niño que conocía aquellas montañas; un niño que paseaba por allí en verano y esquiaba en invierno—. Pero si nos movemos con cuidado y de uno en uno, aguantará.

Daniel se acercó con cuidado hasta el montículo.

—Parece un poco arriesgado —dijo ella—. Hay zonas en las que se ve el agua por debajo.

—¿Sigues queriendo venir?

—Sí —contestó ella. Sabía que a lo mejor era su única oportunidad de verlo.

—Vale. Vamos. Sigue el camino que he recorrido yo.

Sin dudar, ella comenzó a cruzar, tratando de seguir los pasos de Daniel. Cuando llegó lo bastante cerca, él le dio la mano y la ayudó a alcanzar el montículo.

Mirando el montón de ramas y troncos que los sujetaba, Charlotte preguntó:

—¿De veras es una madriguera de castor?

Él sonrió al oír la emoción de su voz y contestó:

–Sin duda.

–No puedo ver la entrada.

–Aunque los castores viven sobre el nivel del agua, la entrada a la madriguera siempre está debajo del agua.

–¿Cómo de profunda es la laguna?

–Unos cuatro pies, quizá un poco más –contestó él, y añadió en tono de mofa–. Has sido muy valiente al atreverte a cruzar. Muchas mujeres se habrían echado atrás.

–Supuse que si el hielo había aguantado tu peso, aguantaría el mío. Debes de pesar bastante más que yo.

–Bueno, tú deberías saberlo –dijo con picardía.

Al sentir que se ruborizaba, se volvió de golpe y resbaló dando un traspiés.

Daniel reaccionó muy rápido y la agarró. Durante unos instantes, ella se apoyó en él para tratar de recuperar el equilibrio. Sus miradas se encontraron y ella pudo ver el deseo en los ojos de Daniel.

Él inclinó la cabeza y la besó. En el momento en que sus fríos labios se tocaron, Charlotte sintió que una llama ardiente recorría su cuerpo.

Recordó lo que él había dicho un día:

«Nadie puede planear la química que surge entre dos personas. Tiene que ser combustión espontánea».

Combustión espontánea era lo que había entre ellos.

Charlotte no supo cuánto tiempo estuvieron besándose. Era como si el resto del mundo hubiera desaparecido y solo estuvieran ellos dos.

Daniel fue el primero en separarse.

Ella no quería que aquel momento terminara y, al sentirse abandonada, abrió los ojos y lo miró.

Él suspiró.

—Dios sabe que me encantaría seguir besándote... —ardiente de deseo, ella no habría puesto ninguna objeción si él hubiera querido hacerle el amor allí mismo—. Pero si nos quedamos aquí más tiempo, con el calor que estamos generando se derretirá el hielo —al ver su mirada de arrepentimiento, y tras malinterpretarla, le dijo—. Si te hace sentir mejor, puedes echarme la culpa a mí —ella negó con la cabeza—. Bueno, no empieces a reprocharte las cosas.

—No lo haré —dijo con valentía.

—Esa es mi chica. Bueno, entonces, ¿quién va primero?

Charlotte tenía todavía las piernas temblorosas y como necesitaba un momento más para recuperarse dijo:

–Tú.

Observándolo mientras cruzaba la laguna pensó en que a pesar de ser un hombre corpulento, se movía con mucha agilidad. Y en cómo lo amaba.

Aunque Daniel no sería nunca el tipo de hombre que ella deseaba que fuera, ningún otro hombre atraparía su corazón como había hecho él.

Si pudiera olvidar todos sus problemas, a Janice y el pasado, y disfrutar del momento...

Cuando alcanzó el suelo firme, Daniel le gritó:

–Ven con cuidado –distraída, Charlotte comenzó a cruzar. Todavía estaba a cierta distancia del borde cuando él le advirtió–. Te estás saliendo de la línea. El hielo es más fino ahí.

Además de sus palabras, Charlotte escuchó un crujido y sintió cómo el hielo cedía bajo sus pies.

Capítulo Nueve

Túmbate –le ordenó él con tranquilidad–. Reparte el peso de tu cuerpo –con mucha calma, ella se agachó con cuidado–. Ahora, dame la mano –ella obedeció y se tumbó sobre el estómago, Daniel se estiró y le agarró ambas manos–. Quédate completamente quieta –avanzó hacia atrás y la arrastró hasta una zona segura. Un segundo más tarde estaba ayudándola a ponerse en pie–. ¿Estás bien? –le preguntó.

Al ver que él estaba más nervioso que ella, le aseguró.

–Muy bien.

–¡Soy un idiota! –exclamó él enfadado–. Debería haber cuidado mejor de ti. Si te hubieras caído...

–Aunque me hubiera caído, no creo que me hubiera ahogado.

–Pero el agua tiene que estar helada –dijo muy serio–, y cuando se está empapado, la hipotermia puede ser terrible.

–Gracias a ti no me ha pasado nada de eso. Es más, estoy seca y ni siquiera tengo frío.

—Es hora de que nos vayamos –dijo él–. Estamos lejos de casa y en cuanto anochezca hará más frío aún.

Tan pronto como se acomodaron en la moto de nieve, arrancó el motor y regresaron hacia la cabaña.

Mientras Daniel guardaba la moto y encendía las chimeneas Charlotte preparó un café y lo sirvió en dos tazas.

Nada más entrar en la cabaña, todos los problemas que había conseguido apartar de su cabeza, habían regresado. Sabía que dejarse llevar sería imposible si no era capaz de olvidar y perdonar.

Una vez más, se repitió la misma historia.

Aunque lo amaba, Daniel Wolfe no solo era un mentiroso y un mujeriego, sino que era el responsable de la muerte de su hermano.

Pero como solía decirle Carla, hacían falta dos para bailar el tango, y Janice debía tener también su parte de culpa.

Aunque si Daniel había intentado seducirla, la chica habría tenido tan pocas posibilidades de no derretirse ante él como una bola de nieve en el infierno.

Ella lo sabía por propia experiencia.

Aquella tarde, por ejemplo, cuando se suponía que iba a mantenerlo todo bajo control, en el momento en que él la besó,

Charlotte sintió que la invadía un fuerte deseo.

Había separado los labios para que él no dejara de besarla, y si él hubiera querido hacer el amor en un montículo de nieve, ella habría aceptado.

Se estremeció, avergonzada y humillada por su propia debilidad, su falta de voluntad y su escaso autocontrol.

A pesar de Tim, a pesar de Janice, a pesar de saber que todo acabaría en llanto, cuando estaba con Daniel estaba hechizada.

Cuanto antes terminaran las vacaciones, mejor. La única manera que tenía para asegurarse de no caer en sus redes era interponer el océano entre ellos...

Pero, aunque pudiera convencerlo de que la llevara de regreso a Nueva York al día siguiente, todavía tenía que superar la noche que se avecinaba. ¿Y cómo iba a conseguirlo sin dañar aún más su autoestima?

Era una pregunta que ya tenía respuesta. Si quería mantener un poco de orgullo y respeto por sí misma, tenía que insistir en que Daniel durmiera en el sofá.

Pero cuando llegara el momento, ¿podría hacerlo?

Sí, podría y lo haría...

Cuando Daniel se reunió con Charlotte

frente al fuego, ella se puso tensa y trató de evitar mirarlo a los ojos.

—¿Ocurre algo? —preguntó él, y agarró una taza de café.

—¿Qué podría ocurrir? —preguntó ella con sarcasmo.

—¿Deduzco que todavía te molesta que sea tan... prepotente?

—¿No crees que tengo derecho a sentirme molesta? Yo no quería venir aquí. No quería acostarme contigo otra vez... Ya sé que no me forzaste, pero... —no terminó la frase.

Despacio, él dijo:

—Así que, después de todo lo que compartimos anoche, ¿preferirías estar durmiendo sola en ese maldito estudio?

—Sin duda.

—Si así es como te sientes, mañana a primera hora regresaremos a la ciudad.

Charlotte respiró hondo, pero no se sintió aliviada. Si acaso, se sentía más miserable y confusa que nunca.

—Entretanto, ya es hora de que nos dejemos de juegos y...

—¡Eres el único que está jugando! —exclamó ella.

—Creo que no.

—¿Y por qué dices eso? —preguntó con un susurro.

Con una gélida mirada, le dijo:

—Soy yo quien hace las preguntas. Y ya es hora de que me des respuestas satisfactorias.

—¿Aunque tengas que sacármelas a golpes...? Pues adelante, valiente.

—Eso no será necesario. Hay otras maneras —dijo sin sentirse molesto por su comentario. De pronto, la conversación se había convertido en un enfrentamiento y, temblando, ella le dio un trago al café y esperó. Él la dejó esperar. Cuando por fin volvió a hablar, le hizo una pregunta tranquila, casi natural—. Dime, Charlotte, ¿por qué solicitaste el trabajo de Nueva York?

La pregunta la pilló por sorpresa. Esperaba que le preguntara otra vez por qué se había marchado de The Lillies, y había estado pensando una respuesta creíble. O, al menos, aceptable.

—Necesitaba un cambio... Y siempre quise conocer Nueva York.

—Debías tener muchas ganas para aceptar después de que te lo dijeran con tan poco tiempo de antelación.

—No tenía nada que me retuviera en Londres.

—¿Entonces por qué tienes tanta prisa por regresar?

—Me he dado cuenta de que venir ha sido

un gran error.

—¿Cómo puedes estar tan segura si ni siquiera has empezado tu nuevo trabajo?

—No tenía nada que ver con el trabajo. Como he dicho antes, era algo personal. No tenía intención de liarme con un hombre como tú.

—Esa no era mi impresión. Es más, pensaba justo lo contrario. A veces parecías más que contenta de... digamos... animarme.

—Pero nunca quise... —se percató de que estaba poniendo voz a sus pensamientos y se calló a tiempo.

—¿Nunca quisiste qué? ¿Acostarte conmigo?

Sus mejillas sonrojadas le sirvieron de respuesta.

—¿Y qué pensabas hacer? ¿Incitarme para que después anduviera detrás tuyo hasta que te pidiera que te casaras conmigo?

—Por supuesto que no.

—No serías la primera mujer que lo hubiera intentado.

—Creéme, eres el último hombre del mundo con el que me gustaría casarme —le dijo sintiendo una fuerte presión en el pecho.

—No te imagino poniendo objeciones a la posibilidad de tener un esposo adinerado y una forma de vida confortable.

—Si alguna vez me caso, tendré que confiar

en mi marido. Nadie en su sano juicio confiaría en una persona con tu reputación. Y como ya te he dicho más de una vez, no tenía intención alguna de liarme contigo.

–Eso es lo que me has dicho. El problema es que dabas todas las muestras de querer atraer mi atención... –Charlotte se sintió enferma. ¿Había sido tan evidente?–. La noche que te llevé a La Havane, no puedes negar que coqueteaste conmigo, y cuando más tarde te acompañé a tu habitación...

–Había bebido demasiado –lo interrumpió.

–Beber demasiado puede ser la culpa de muchas cosas, pero no te hace besar a un hombre con el que de verdad no quieres liarte.

–¡Te odio! –exclamó furiosa.

–Creo que te conozco lo bastante como para saber que si me odiaras de verdad no te habrías acostado conmigo.

–Sí que te odio –insistió y recordó el bonito rostro de Janice.

–Puede que quieras odiarme, pero no creo que lo hagas, a pesar de lo que pasó con tu hermanastro –hubo un intenso silencio–. ¿Así que no sabías que yo lo sabía? Pensándolo bien, tiene sentido.

–¿Desde hace cuánto tiempo sabes que Tim era mi hermanastro?

–Siempre lo he sabido.

–¿Cómo lo averiguaste?

–Me lo dijo Telford. Me advirtió que habías estado muy disgustada y enfadada conmigo por lo que había pasado... Y por eso me pregunto qué te hizo solicitar, y aceptar, el trabajo de Nueva York cuando era evidente que estaríamos más cerca –con dificultad para respirar, ella permaneció quieta, mirándolo a los ojos–. Dime por qué, Charlotte. ¿Esperabas algo a cambio? ¿Venganza, quizá? –al ver que no lo negaba, él le preguntó–. ¿Qué tenías pensado? Es evidente que no ibas a clavame un puñal en las costillas... Veamos. Yo diría que esperabas conseguir que me enamorara de ti sin implicarte demasiado emocionalmente. Y, desde luego, sin acostarte conmigo –añadió él–. Entonces, cuando estuviera bien enganchado, tanto física como sentimentalmente, explotarías una bomba en mi cara. ¿He acertado? Sí, veo por tu expresión que sí. ¿Y qué ha salido mal? ¿Por qué escapaste como lo hiciste?

Charlotte tardó un par de minutos en recuperar el habla. Cuando lo hizo, mintió desesperada:

–Nada ha salido mal. Me di cuenta de que no podía llevarlo a cabo, después de todo.

–¿No podías llevarlo a cabo? –ella permaneció en silencio y él insistió–. Si lo que querías era vengarte de mí por lo de la muerte de tu hermanastro, no entiendo por qué...

Ella lo interrumpió para distraerlo.

–Lo que yo no entiendo es que si sabías que Tim era mi hermanastro, ¿por qué no lo mencionaste antes?

–Estaba esperando a que tú lo sacaras todo a la luz, para poder defenderme, pero aunque te di varias oportunidades, nunca dijiste nada. Al principio esperaba que decidieras olvidarlo todo y dejar el pasado como tal. O, al menos, que hubieras tratado de averiguar lo que pasó de manera más racional. Sin embargo, pronto se hizo evidente que seguías enfadada, que seguías pensando que yo tenía parte de culpa en la muerte de tu hermanastro.

–Te equivocas –dijo ella–. Creo que tienes toda la culpa. Sedujiste a su prometida y, cuando él se enfrentó a ti le diste una paliza y lo despediste. Si no hubiera sido por ti, él seguiría vivo. Ahora, ¡defiéndete si puedes!

–Sí, puedo –dijo Daniel con convicción.

Su expresión era como la de una roca y sus ojos grises se habían oscurecido al máximo.

–Primero me defenderé contra la acusación de despido, porque es la única que es justa. Sí, lo despedí. En esas circunstancias, no podía hacer nada más...

–¡Por supuesto que no podías! ¿Cómo podías seguir contratando a un hombre con cuya prometida te acostabas?

–No me acostaba con ella.

–¿Estás tratando de decirme que solo fue una aventura de una noche?

–Ni siquiera eso.

Ella se puso en pie y se enfrentó a él furiosa.

–No quiero oír tus mentiras ni tus excusas.

–No las oirás –dijo cortante–. Lo único que voy a contarte es la verdad. Si quieres oírla, te sugiero que te sientes y escuches –sentándose de nuevo, Charlotte se mordió el labio inferior–. La tarde en que empezó todo, la señora Weldon, la secretaria que suelo tener yo cuando voy a Londres, tenía una cita urgente con el dentista... Así que, la señorita Jeffries, a la que yo no había visto nunca, vino a hacer la suplencia. Era rápida y eficiente, pero, como Telford estaba en una conferencia de tres días en París, había mucho trabajo por hacer y eran casi las seis y media cuando terminamos. Le di las gracias a la secretaria por haberse quedado hasta tarde, y le prometí que cobraría las horas extra.

Por mi parte, eso fue todo. Aunque por la mañana había hecho un día soleado, por la tarde comenzó a llover con fuerza. Yo no tenía abrigo, así que llamé a un taxi para que me llevara al hotel. Mientras cruzaba el recibidor, me percaté de que la señorita Jeffries iba delante mío. Vestía una chaqueta ligera y no tenía paraguas. Mi taxi estaba en la puerta, así que le ofrecí llevarla. Ella dudó durante un par de segundos, después me dio las gracias y se subió al coche. Le pregunté dónde vivía y me dijo que en Sant Elphin Street, pero que no quería ir directamente a casa. Al cabo de un momento, me dijo que había pensado ir a comer algo y quizá al teatro, así que si podía dejarla cerca de Charing Cross Road, siempre y cuando no me desviara de mi ruta. Le aseguré que no había problema.

—Ya, claro.

—Después, al ver que estaba tensa y nerviosa, le pregunté si se encontraba bien. Me dijo que sí, y rompió a llorar. Le di un pañuelo y esperé. Cuando llegamos a Charing Cross Road, ella seguía llorando y llovía más que nunca. Mi hotel estaba en Strand y, dejándome llevar por el momento, la invité a cenar conmigo...

—¿Sueles invitar a las novias de otros hombres a cenar? —lo interrumpió Charlotte.

—En ese instante no tenía ni idea de que estaba comprometida y, parecía tan joven y vulnerable...

—Puede que Janice pareciera joven e indefensa, pero llevaba un anillo de compromiso.

—Ese día no lo llevaba.

—Siempre lo llevaba —insistió Charlotte, recordando lo orgullosa que la chica estaba del anillo que, con su ayuda, Tim le había comprado.

—Tenía las dos manos desnudas —al ver que Charlotte permanecía callada, continuó—. En resumen, la señorita Jeffries aceptó mi invitación y, mientras cenamos, me contó sus problemas. Primero me dijo que había tenido una gran discusión con su novio y que le había devuelto el anillo de compromiso...

—¡Estás mintiendo! —exclamó furiosa—. Cuando me marché de vacaciones, unos días antes, ambos parecían felices y estaban planeando la boda en septiembre.

—No lo dudo. Es más, lo que la señorita Jeffries me contó lo confirma. Pero también me dijo que había pasado algo que había estropeado esos planes y que la relación se veía amenazada. Lo que hizo que me preguntara si su novio estaría... ¿cómo te diría? ¿Siéndole infiel?

—¿Cómo te atreves a sugerir tan cosa? No

todos los hombres son como tú.

Daniel se puso tenso y dijo con paciencia:

–Bueno, él era hombre, y son cosas que pasan.

–No es su caso. Tim adoraba a Janice, nunca habría hecho nada a propósito que pusiera en peligro la relación.

–Has dicho a propósito, y estoy seguro de que tienes razón... Pero, ¿y si fue algo que no pudo evitar?

–No sé a qué te refieres.

–Sugiero que hablemos de ello después, de momento, déjame continuar –Charlotte esperó–. La señorita Jeffries dijo que empezaba a pensar que había cometido un gran error al comprometerse y mudarse a vivir con él. Pero, en esas circunstancias tenía miedo de que decírselo solo sirviera para que empeoraran las cosas. Como yo no conocía las circunstancias, no pude darle consejos. Lo único que podía hacer era escuchar. Cuando terminamos de cenar, tomamos un café en el salón y, en esos momentos, ella parecía más animada. Pero a las nueve y media, cuando sugerí que llamáramos a un taxi para que la llevara a casa, se puso a llorar otra vez y dijo que no podía regresar al apartamento, que necesitaba más tiempo para pensar. Me di cuenta de que estaba atrapado con aquella chica y su situación, así que reservé una habitación sencilla y la acompañé hasta la puerta de la habitación –al ver la expresión que ponía Charlotte, le dijo–. No le puse ni un solo dedo encima.

–¡Seguro! –murmuró ella.

–Al día siguiente desayunamos juntos, después, la mandé a casa en taxi y yo fui caminando hasta la oficina. Una hora o así más tarde, yo estaba junto a la ventana dictándole una carta a la señora Weldon cuando abrieron la puerta de golpe. Un joven desconocido irrumpió en la habitación y...

–Y lo golpeaste.

–Sí, lo golpeé.

–Debiste quedarte satisfecho de ti mismo.

–Pero solo lo golpeé después de que él me tirara al suelo.

–¿A un hombre grande como tú?

–Si lo recuerdo bien, él era tan alto como yo y más pesado.

–Era solo un niño.

–El niño, como tú dices, me pilló por sorpresa y , antes de que me diera cuenta de lo que pasaba, estaba tirado sobre mi espalda en el suelo y él tenía la bota sobre mi...

–No te creo.

–Es la verdad. Tu acusación de que le di una paliza es injustificada, Charlotte. Lo único que hice fue defenderme. Si no quieres creerme, puedes hablar con la señora Weldon y con el hospital al que fui para que me miraran las dos costillas rotas que tenía –ignorando la cara de horror que ponía ella, continuó–. Cuando descubrí quién era y qué era lo que lo molestaba le conté la verdad sobre lo que había sucedido. Me dijo que me fuera al infierno y dejó claro que no creía ni a su novia ni a mí. Montó tanto revuelo que tuve que pedir que lo sacaran del edificio.

–Quieres decir que lo echaran a patadas.

–Llámalo como quieras.

–¿Y no te sentías ni un poco culpable por lo que habías hecho?

–No. Pero si sentí cierta simpatía por él cuando me di cuenta de lo que debía de pensar, y sentí haber provocado todo aquello sin darme cuenta. Así que, antes de marcharme al aeropuerto aquella tarde, llamé a Teldford y le dije que le diera tiempo a tu hermanastro para que se tranquilizara y, después, le ofreciera de nuevo el trabajo. Por lo que a mí respecta, ese fue el final de toda la historia, y aparte de sentirme un poco dolorido, no pensé más en ello. Después oí la trágica noticia de que tu hermanastro había fallecido como consecuencia de un cóctel de pastillas y alcohol que había ingerido para tratar de ahogar sus penas.

–¿Y seguiste sin sentirte culpable?

–Sentía que tenía parte de culpa –dijo él–. Por eso me puse en contacto con la señorita Jeffries y volví a Londres para el funeral –Charlotte no sabía esa parte. Por algún motivo, la prensa no se había enterado. Era extraño. Como si hubiera leído sus pensamientos, le dijo–. Escapar de la prensa no fue fácil.

–¿Y cómo lo conseguiste?

–No quería añadir más leña al fuego, así que llegué a la iglesia muy temprano y el cura me permitió utilizar un cuarto privado. Después del servicio me quedé allí hasta que todo el mundo se había marchado y la prensa había desaparecido. Aquella tarde tuve una larga conversación con la señora Jeffries. Por supuesto, estaba muy triste y se sentía culpable por lo que había sucedido. Decía que ojalá hubiera afrontado el problema de otra manera, y que se hubiera quedado en casa aquella noche...

–Ojalá lo hubiera hecho –dijo Charlotte–. Tim estaría vivo si tú y ella no... –sintió un nudo en la garganta y se calló de golpe.

–Así que ¿sigues pensando que estoy mintiendo?

–¿Qué más puedo pensar?

—Podrías intentar creerme.

—Quizá te hubiera creído si no la hubieras traído hasta aquí para poder seguir con vuestra aventura... —al ver que él negaba con la cabeza, le dijo—. Sé que ella está en Nueva York. La vi con mis propios ojos, así que no trates de negarlo.

—No tengo intención de negarlo. Es más, al contrario. Pero te equivocas al pensar que está aquí porque tenemos una aventura.

Charlotte quería creerlo, pero no podía.

—Richard me dijo que la habías trasladado a Nueva York. ¿Por qué otro motivo habrías hecho tal cosa?

—Le ofrecí un trabajo en Nueva York para que cambiara de ambiente, cuando descubrió que no soportaba estar más allí y entregó su renuncia.

—¿Por qué no podía quedarse donde estaba?

—Parte del personal de Londres creyó lo que publicó la prensa y le pusieron las cosas muy difíciles.

—Pero eso no era problema tuyo.

—Como había estado implicado, aunque fuera inocente, sentía que lo era. Por suerte, parece que el traslado le ha salido bien...

—No lo dudo —dijo Charlotte—. Es más, parece que le ha salido bien a todo el mundo menos al pobre Tim.

–Estoy de acuerdo en que tu hermanastro fue una víctima, pero fue una víctima de las circunstancias, y de su propia debilidad más que de...

Charlotte se puso en pie y, cerrando los puños con rabia, le gritó:

–¡Ni se te ocurra criticar a Tim! Si no hubiera sido por ti y por esa pequeña... –cubriéndose el rostro con las manos, rompió a llorar. Cuando Daniel la tomó entre sus brazos, trató de zafarse–. Déjame en paz, maldito seas.

A pesar de sus intentos, al final, él la consiguió abrazar y la sentó sobre su regazo.

Tras la muerte de Tim, Charlotte había seguido adelante con dolor y rabia, pero en realidad, nunca había llegado a llorar la muerte de su hermanastro. Y en esos momentos, lo estaba haciendo. La pena manaba de sus lágrimas como la sangre de una herida abierta.

Abrazándola con fuerza, Daniel la dejó llorar durante un rato. Después le dijo:

–Sé que querías a tu hermano y que regresar de las vacaciones y enterarte de que había muerto, debió de ser un duro golpe. Es natural que busques a un culpable, pero...

–Me culpo a mí misma –sollozó ella–. Si

hubiera estado ahí para cuidar de él...

–No seas tonta –Daniel habló con delicadeza–. Tim ya no era un niño. Tenía veintidós años. Era lo bastante mayor como para cuidar de sí mismo y ser responsable de sus actos. No puedes culparte. A posteriori, todos deseamos haber hecho las cosas de otra manera. Pero lo que está hecho, hecho está y no puede cambiarse. No hay que permitir que el futuro se oscurezca por la culpabilidad y el arrepentimiento –le dio un pañuelo y le dijo–. Sécate las lágrimas –Charlotte se puso en pie y se secó el rostro–. Es hora de que comamos algo. Después de haber estado todo el día al aire libre debes de estar hambrienta. Al menos, yo lo estoy.

Charlotte necesitaba estar un rato sola para tratar de organizar sus sentimientos. Manteniendo la compostura, le preguntó:

–¿Quieres que prepare algo para cenar?

–No –dijo él, y se puso en pie–. En cuanto estés lista quiero invitarte a cenar en Marchais. Tenemos una mesa reservada sobre las siete y media.

Sorprendida, le preguntó:

–¿El día de Navidad? Creía que los restaurantes no abrían.

–Donde vamos a ir no es un restaurante normal. Es un hotel que forma parte de un complejo vacacional. Aunque, sin duda, hoy tendrán la típica comida navideña, normalmente tienen platos exquisitos. Además, habrá baile y ambiente de fiesta.

Confusa y deprimida, y con un incipiente dolor de cabeza, lo que menos le apetecía era meterse en un ambiente de fiesta.

—Si no te importa, prefiero no ir.

—Sí me importa. En mi opinión, te sentará bien salir. Así que, ve a vestirte y sé buena chica.

Charlotte no pensaba permitir que se saliera con la suya, así que le dijo:

—Estoy cansada, no tengo mucha hambre y empieza a dolerme la cabeza.

Él desapareció en la cocina y regresó con dos pastillas y un vaso de agua.

—Tómate esto. Deberían quitarte el dolor de cabeza en poco tiempo —después de que ella obedeciera, le dijo—. Si sigues pensando que prefieres quedarte en casa, siempre podemos compartir una lata de sopa y acostarnos temprano —Charlotte se estremeció. Quizá, hasta que hubiera aclarado sus sentimientos, el ambiente de fiesta y estar con gente sería preferible a estar a solas con Daniel.

Puesto que todavía no se fiaba de sí misma, a pesar de su decisión, el sentido común le decía que estaría más segura en el restaurante. Al ver la expresión de su rostro, Daniel sonrió–. ¿Gano yo o gano yo?

–Tú ganas –admitió ella, y al ver su sonrisa, le dio un vuelco el corazón–. Si te atreves a que te vean conmigo. Debo de tener un aspecto horrible.

Daniel la sujetó por la barbilla y la miró a los ojos.

–No te preocupes, mi amor. Aunque pareces un poco angustiada, no hay nada que no cure un poco de agua fría.

Durante un segundo, sus palabras permanecieron en su cabeza y Charlotte pensó:

«Si las cosas fueran de otra manera. Si de verdad fuera su amor».

Pero Daniel no tenía tiempo para el amor ni el compromiso, el único sentimiento que tenía, la fuerza motriz de su vida, era el deseo.

Ella dio un paso atrás y él retiró la mano.

Parecía que iba a decir algo y, por miedo a escuchar sus palabras, ella se volvió y se marchó.

Después de lavarse la cara con agua fría se dio una ducha caliente y se sintió mucho mejor. Se puso el vestido azul que llevaba el día que él la invitó a La Havane, se recogió el cabello en un moño y se maquilló con cuidado.

Estaba a punto de ponerse la capa cuando se le ocurrió una cosa y se detuvo. Daniel no le había dicho cómo iban a ir a Marchais. A lo mejor tenía que ponerse algo más apropiado para viajar en la parte trasera de la moto de nieve.

Con la capa en el brazo, bajó al salón.

No había rastro de Daniel. Al instante, se abrió la puerta y él entró con el abrigo puesto.

—Veo que estás lista. Y encantadora —su voz era cálida y el brillo de sus ojos hizo que Charlotte sintiera que le quemaba la piel.

—No estaba segura de qué debía ponerme. Ni de cómo íbamos a ir...

—Así vas muy bien —agarró la capa y se colocó detrás de ella.

Mientras se la ponía sobre los hombros, ella sintió que vacilaba. Al notar su cálida respiración sobre el cuello, ella esperó que la besara en la nuca.

Sin embargo, él dio un paso atrás y dijo:

—Marchais está a menos de una milla y, si hubiera sido verano, podríamos ir andando. Ahora, lo más sensato es ir en coche.

Aparte de la tensión que había entre ellos, que era puramente sexual, parecía que él se estaba preparando para algo especial.

216

Capítulo Diez

El coche cuatro por cuatro estaba fuera con el motor arrancado.

La noche era estrellada, fría y clara. La luna estaba casi llena y una pequeña nube se alejaba de ella.

Se metieron en el coche y Daniel condujo con cuidado mientras descendían la colina. Al cabo de un rato, torció en una carretera que transcurría entre los árboles.

Charlotte vio el brillo de unas luces y, al poco tiempo, entraron en una zona de aparcamiento con edificios a ambos lados.

Había luces de colores y un par de árboles de Navidad a los lados de los escalones que había a la entrada del hotel.

En el aparcamiento había varios coches, pero Daniel encontró un hueco cerca de la puerta.

En cuanto bajaron del coche oyeron la música. Al subir las escaleras llegaron a un hall en el que había un guardarropa en un lateral y una gran chimenea.

Daniel ayudó a Charlotte a quitarse la capa y la dejó junto a su abrigo en el guardarropa. Después, entraron en el restaurante.

Nada más entrar, un hombre de unos cincuenta años se acercó a saludarlos.

—Señor Wolfe... Señorita Michaels... Me alegro de que hayan podido venir.

—Bill, ¿cómo estás? —los dos hombres estrecharon las manos.

—Bien, gracias. Ocupado.

—¿Y el resto de la familia?

—Todos bien, excepto la madre de Kate, que está en la cama tras una caída... ¿Sabe que los jóvenes han venido por Navidad? Están de visita en Dalen End, pero me han dicho que cuando regresen se verán. Gordon también está aquí. Ha decidido que cuando termine la universidad, el año que viene, vendrá a ayudarnos con el negocio, lo que es muy buena noticia...

Sin dejar de hablar, los llevó hasta una mesa tranquila, pero no muy alejada de la pista de baile.

—¿Qué les parece esta? Si lo prefieren, puedo buscar una más cerca de la pista.

—No, esta es perfecta, gracias —le aseguró Daniel.

Cuando ambos se sentaron, Bill bajó el tono de voz y dijo:

—Sé que el día de Navidad no es el adecuado para hablar de negocios, pero esta tarde he oído un comentario respecto a esa propiedad inmobiliaria de la que hablamos el mes pasado... Así que, si tiene un minuto antes de marcharse...

Dirigiéndose a Charlotte, Daniel preguntó con educación:

–Si mi invitada no tiene objeción...

–No, por supuesto que no –contestó ella.

–Entonces, pasaré por tu despacho más tarde –dijo Daniel.

–Gracias. Disfruten de la cena –dijo Bill, y se marchó.

–Lo siento –dijo Daniel–. Pero Bill ha estado esperando a que un terreno contiguo saliera al mercado. Tiene intención de ampliar Marchais, y, en principio, he accedido a proporcionarle el apoyo económico que necesita.

Un camarero se acercó para ofrecerles la carta de vinos.

Daniel se dirigió a Charlotte.

–Sugiero que con el pavo tomemos un vino tinto... ¿A menos que prefieras champán?

–Tú toma lo que quieras. No me apetece tomar vino, gracias. Prefiero agua con gas –dijo ella, decidida a permanecer sobria.

–Puesto que yo conduzco, los dos beberemos agua con gas –le dijo Daniel al camarero. Cuando el hombre se retiró, Daniel preguntó solícito–. ¿Todavía tienes dolor de cabeza?

–No, ya se me ha pasado –admitió ella.

–Ah, ya... solo estás siendo precavida –dijo él con una pícara sonrisa.

«¡Maldito sea!», pensó Charlotte. Podía leer sus pensamientos sin ningún problema.

–Puesto que ya no te duele la cabeza, a lo mejor ¿te apetece bailar? –dijo él poniéndose en pie.

Ella estuvo a punto de rechazar la oferta por miedo a que al estar entre los brazos de Daniel no pudiera mantener su decisión, pero al darse cuenta de que quizá fuera su última oportunidad, le dijo:

–Sí, me encantaría –mientras se acercaban a la pista entre las mesas, el grupo dejó de tocar música de salón y empezó con música disco. Para sorpresa de Charlotte, en lugar de echarse atrás, Daniel comenzó a moverse al ritmo de la música–. Llevas muy bien el ritmo –le dijo.

–¿Pensabas que a mi edad no podría bailar música disco?

–Por supuesto que no. Es solo que pensaba que tu gusto para bailar sería más... sofisticado.

–He de admitir que prefiero sujetar a mi pareja... Pero ahora, al ver cómo mueves las caderas, empiezo a darme cuenta de lo que me hubiera perdido.

Charlotte se sonrojó y miró a otro lado.

Después de bailar un par de temas, regresaron a su mesa. Él la ayudó a sentarse y Charlotte se percató de que, mientras se dirigía a su sitio, él levantaba la vista y asentía con la cabeza como si hubiera visto a alguien conocido.

Al instante, les sirvieron la comida.

El menú consistió en pavo asado, con pudin de ciruela y brandy. Daniel no comió mucho y parecía tenso, como si esperara algo.

Charlotte se preguntaba cómo de importante sería el negocio que tenía que tratar.

Al parecer, era muy importante ya que en cuanto se terminó el café, le pidió excusas y se marchó de la mesa.

Acababa de marcharse cuando Charlotte vio que una chica joven, rubia y bella, se acercaba a su mesa.

Era una mujer a la que ella conocía muy bien.

«Así que este era el motivo por el que Daniel estaba tenso. Esto era lo que estaba esperando», pensó ella.

—Espero que no te importe que venga así sin más, pero yo... —le dijo Janice al llegar a la mesa.

—Me temo que acabas de cruzarte con Daniel —la informó Charlotte con frialdad.

—Él cree que es mejor que hablemos tú y yo a solas. ¿Puedo sentarme?

Al ver que Charlotte no contestaba, Janice se sentó en la silla que Daniel había dejado vacía y dijo:

—Por favor, escucha lo que tengo que decir... Sé que no te va a gustar, pero yo...

—No necesitas decirme nada. Ya lo sé todo.

—¿Lo sabes? Tim decía que había conseguido ocultártelo y, por algún motivo, posiblemente porque estaban centrados en el señor Wolfe, la prensa no lo sacó a la luz...

—¿El qué? —preguntó Charlotte.

—Que Tim era adicto a las drogas.

Charlotte se puso pálida y contestó:

—No te creo. Sé que cuando se juntó con esa gente en la universidad bebía un poco, pero siempre juró que no tomaba drogas.

—Eso es lo que me dijo a mí cuando empezamos a vivir juntos. Pero no era verdad. La mezcla del alcohol y la droga fue lo que lo mató, y no lo hizo para ahogar sus penas, como todo el mundo cree. Ya había tenido un aviso más de una vez. La primera vez que lo encontré inconsciente me quedé horrorizada. Estaba a punto de llamar al hospital cuando volvió en sí y me detuvo. Fue entonces cuando admitió que era drogadicto...

–Oh, cielos –susurró Charlotte.

–Prometía que podía mantenerlo bajo control, pero cuando salía con sus amigos y bebía demasiado perdía el sentido de la precaución... Siempre que me prometía que iba a dejarlo yo le suplicaba que pidiera ayuda, pero él decía que podía hacerlo solo. Lo único que tenía que hacer era dejar de beber. Pero ni siquiera lo intentó, y siguió saliendo con esos supuestos amigos... Entonces, una mañana, me desperté y lo encontré tirado en el baño, demasiado bebido para ir a trabajar. Le dije que no tenía intención de quedarme allí para ver cómo se mataba lentamente, y le devolví el anillo. Esa noche, cuando salí del trabajo llovía mucho, y el señor Wolfe se ofreció a llevarme. Me preguntó qué me pasaba y me temo que no pude controlarme y me puse a llorar en el taxi. Me llevó a su hotel y me invitó a cenar. Le dije que había roto mi compromiso, pero no le expliqué por qué. Tenía miedo de que si se enteraba de que Tim era drogadicto, lo despidiera... Cuando llegó la hora de irme a casa, no sentía fuerzas para hacerlo. Aunque probablemente se preguntaba cómo lo había hecho para terminar con una empleada medio histérica, fue muy amable conmigo. Reservó una habitación sencilla para mí y me dijo que tratara de dormir bien. Por la mañana insistió en que desayunara, la noche anterior estaba tan disgustada que apenas había cenado, y después me mandó a casa en taxi. Cuando Tim me preguntó dónde había estado toda la noche y le conté lo que había pasado, no me creyó. Dijo que ya comprendía por qué le había devuelto el anillo, porque había pescado a un pez más gordo. Le dije que no fuera ridículo. Que no había pasado nada...

—¿Y así era?

—Por supuesto...

No había duda de que la chica estaba siendo sincera.

—No puedo imaginar cómo la gente pudo creer que un hombre como el señor Wolfe, que puede elegir a cualquier bella mujer, se iba a molestar en fijarse en mí.

—Desde luego, la prensa lo pensaba.

—Fue el número que montó Tim en la oficina lo que les hizo pensar eso. Por supuesto, la pelea no habría tenido importancia si el señor Wolfe no hubiera estado implicado. Es difícil mantener en secreto una cosa así, y en cuanto se enteraron, fueron por él como una manada de lobos. Pero, a pesar de que trataron de destrozarle la vida, regresó para el funeral. Pensé que fue un gran detalle por su parte. No tenía por qué arriesgarse más. Aquella tarde, tuvimos una larga conversación y se lo conté todo, que Tim tomaba drogas y que me sentía fatal porque aunque lo quería, no había podido ayudarlo –tragó saliva–. Lo siento. Sé que has tenido que culparme por su muerte. Nunca dejaré de arrepentirme por haber huido de esa manera, pero sentía que era la única manera... Muchas veces he deseado haber sido lo bastante valiente como para decirte lo que pasaba, pero Tim estaba tan empeñado en que no te enteraras... Quizá tú hubieras podido salvarlo.

–Lo dudo –le dijo Charlotte a modo de consuelo–. Si la mujer que lo amaba y que estaba dispuesta a casarse con él no pudo hacerlo, creo que el único que podía salvarlo era él mismo.

Janice suspiró.

–Durante mucho tiempo me sentí culpable. Y todavía lo hago en muchos aspectos... Aunque no debo permitir que Martin me oiga decir eso. Le he prometido que haría todo lo posible por dejar atrás el pasado.

–¿Crees que podrás hacerlo?

–No estoy segura. Quizá haber hablado contigo me ayude. Al menos, es una cosa menos que tengo en la cabeza. Ojalá hubiera tenido el valor de haberlo hecho antes. Pero estaba segura de que me echarías la culpa y no podía soportarlo. Lo único que deseaba era alejarme de todo aquello. Por eso, cuando el señor Wolfe me ofreció el traslado a Nueva York, acepté.

–Deduzco, por un comentario que hizo Daniel antes, que las cosas te han ido bien.

Janice dudó un instante. Después dijo:

–No sé cómo te vas a tomar esto, pero Martin y yo nos enamoramos nada más conocernos y, acabamos de comprometernos...

«Así que Daniel me estaba diciendo la verdad». Charlotte se sentía casi mareada.

–¿Martin? ¿Martin Shawcross? –preguntó.

–Sí.

De pronto, todas las piezas del puzzle encajaron.

–Sus padres son los dueños de Marchais y... –Janice dejó de hablar al ver que Daniel y otro hombre se acercaban a la mesa.

–¿Todo bien? –preguntó Daniel mirando a Charlotte a los ojos.

–Sí, gracias, bastante bien –contestó ella.

–Charlotte, quiero presentarte a Martin Shawcross... Martin, esta es Charlotte Michaels.

–¿Cómo estás? –Charlotte le tendió la mano.

–Encantado de conocerte.

–Fuiste muy amable al dejarme tu apartamento.

–Espero que no estuvieras demasiado incómoda.

–No, para nada –mintió.

–¿Os queréis sentar con nosotros? –lo invitó Daniel.

Después de mirar a Janice y de que esta le dedicara una sonrisa como respuesta, dijo:

–Gracias, nos encantaría.

Mientras Daniel le pedía al camarero que les llevara dos sillas más, Martin preguntó:

–Veo que ya habéis cenado –al ver que Daniel asentía, continuó–. Nosotros hemos cenado en casa de mi abuela. Debería estar aquí, pero por desgracia, se cayó y tiene que estar en la cama, así que fuimos a Dalen End para darle la buena noticia –mirando a Charlotte, y con miedo a cómo iba a reaccionar, rodeó a Janice por los hombros y dijo–. Acabamos de comprometernos.

–Sí, lo sé. Janice me lo ha contado. Me alegro mucho por los dos.

–Esto se merece una copa de champán –dijo Daniel, aliviado.

Como por arte de magia, apareció un camarero con una botella de champán y cuatro copas. Había servido tres cuando Daniel lo detuvo para que no sirviera la cuarta.

–Conduzco yo –dijo mirando a Janice y a Martin.

–¿Por qué no dejas aquí el coche y dejas que Gordon, mi hermano pequeño, te lleve a casa en trineo? –sugirió Martin–. Va a llevar a algunas personas de la zona más tarde, así que estará por aquí esperando.

–Siempre podemos recoger el coche por la mañana si te apetece regresar en trineo –le comentó Daniel a Charlotte.

–Suena bien.

Durante la siguiente hora, bailaron y bebieron champán. Charlotte se prometió no pensar en todo lo que había descubierto y decidió disfrutar de la velada.

A las diez y media, Daniel se despidió con la excusa de que al día siguiente regresaban a Nueva York y tenían que madrugar.

Cuando recogieron los abrigos y se subieron al trineo, Gordon hizo andar al caballo y toda la familia se despidió de ellos saludándolos con la mano.

La luz tenue de los candiles, el ruido de las herraduras contra la nieve y el tintineo de las campanas, hizo que el viaje bajo la luna pareciera algo mágico.

Si Daniel hubiera rodeado a Charlotte con el brazo, habría sido definitivo, pero sin embargo, se mantuvo quieto y a una distancia prudente durante todo el trayecto.

Un búho blanco, revoloteó en silencio delante de ellos y desapareció entre los árboles.

Charlotte miró a Daniel, esperando que la expresión de su rostro reflejara la sorpresa y la admiración que aquella imagen había provocado en ella. Pero, sin embargo, él estaba serio y parecía preocupado, como si tuviera cosas más importantes en las que pensar.

Ella se preguntaba si estaría enfadado porque ella no lo hubiera creído cuando le contó la verdad sobre Janice.

Cuando llegaron a Hailstone Lodge, Daniel saltó del trineo y la ayudó a bajar. Después, se despidieron de Gordon desde el porche y lo vieron marchar.

—Buenas noches —contestó Gordon mientras se alejaba.

Una vez dentro, Daniel colgó la capa y el abrigo en el armario y se reunió con Charlotte frente al fuego.

Aunque Charlotte se había sentado a propósito en el sofá, para que Daniel se sentara junto a ella, él se sentó en una silla.

Charlotte sintió que se le encogía el corazón.

—Me temo que ha sido una noche muy dura para ti —dijo él al cabo de un rato.

—Quedaste con Janice para que hablara conmigo.

—Como estábamos tan cerca, me pareció una buena oportunidad. Creía que no podías seguir sin saber que Tim era adicto a las drogas.

—Debería haberlo sabido antes... Debería habérmelo imaginado...

—¿Y por qué ibas a hacerlo? Él lo mantuvo en silencio. Ni siquiera salió en la prensa. Posiblemente, la señorita Jeffries no se habría enterado si no hubieran decidido vivir juntos.

—Ojalá lo hubiera sabido. Quizá hubiera podido hacer algo.

—Lo dudo. Creo que Tim te habría hecho las mismas promesas que le hacía a la señorita Jeffries.

—Probablemente tengas razón. Debió de ser muy duro.

—Entonces, ¿ya no la culpas a ella?

—No, creo que hizo todo lo que pudo. Para hacer algo más habría necesitado que Tim cooperara.

—¿Y te alegras de que no haya habido nada entre ella y yo?

—Sí. Te debo una disculpa.

—No puedo culparte por creer tal cosa. Cuando me negué a cooperar con la prensa, se volvieron locos. Sentía pena por la señorita Jeffries. Ella amaba a tu hermanastro.

—El amor no lo soluciona todo.

—Eso ya me lo has dicho una vez. Háblame de tu compromiso. ¿Por qué se rompió?

—Después de un tiempo, me di cuenta de que había aceptado casarme con Peter por motivos equivocados.

—¿Qué tipo de hombre era?

—Un hombre infeliz. Pasó la mayor parte de su infancia en colegios internos. Tenía una pierna que arrastraba un poco por un defecto de nacimiento, y le hacía ser el blanco de todas las bromas.

—¿Cómo lo conociste?

—En una clase de arte, y me gustó nada más verlo. Era rubio y muy atractivo, con una dulce sonrisa. Al principio, parecía tímido, inseguro, demasiado consciente del defecto de su pierna. Nos tomamos un café y me contó que su novia lo había abandonado. Al cabo de unas semanas, acepté cenar con él. Me llevó a Longfellows...

—Para lucirte, sin duda —dijo Daniel—. ¿Pero quién puede culparlo?

—Peter era un buen acompañante y nos llevábamos bien. Descubrimos que teníamos muchas cosas en común. Aparte del arte, del que era un apasionado, parecía amable y modesto. Pero tan pronto como nos comprometimos, todo cambió. De la noche a la mañana, se volvió muy exigente... –no solo la había presionado para que se acostara con él, sino que sus quejas y sus exigencias habían conseguido alterarle los nervios. Quería que estuviera a su lado todo el tiempo, y envidiaba cada momento en el que ella no le dedicaba toda su atención. En las pocas ocasiones que habían salido, si a ella se le ocurría mirar a cualquier otro hombre, se ponía furioso de celos. Cuando un día la acusó de coquetear con un camarero y ella se lo negó, Peter comenzó a hacerse la víctima diciéndole que no le interesaba porque era discapacitado–. Como sabía que durante su infancia se habían reído de él, intenté hacer algunas concesiones...

Y siguió intentándolo, para disgusto de Carla.

–Por el amor de Dios, ¿no ves lo que te está haciendo? Él no te quiere. Solo te está utilizando. Es como un parásito –le decía su amiga.

Tardó un tiempo en darse cuenta de que Carla tenía razón, y mucho más en librarse de él.

–Al final, me sentía asfixiada con la relación y le devolví el anillo.

—Nunca infravalores la fuerza de la debilidad —dijo Daniel—. Y menos cuando el amor está involucrado.

—Aunque en aquella época pensaba que estaba enamorada, ahora me doy cuenta de que solo sentía lástima por él.

Daniel se puso en pie y, con las manos en los bolsillos, y una expresión mezcla de curiosidad, decisión y resignación, se apoyó en la repisa de la chimenea.

—Dime Charlotte, ¿has estado enamorada de verdad alguna vez?

—¿Por qué lo preguntas? —le dijo ella. Tenía la sensación de que se le paraba el corazón.

—Por curiosidad —al ver que no decía nada, continuó—. Sabes, todavía no me has dicho por qué te marchaste de The Lilies tan rápido. Por qué no pudiste quedarte y llevar a cabo la venganza que habías ideado. Debías saber que tu estrategia estaba funcionando. No habría sido muy difícil... A menos que descubrieras que te estabas... Y, debido a quien soy yo, no pudieras arriesgarte a implicarte sentimentalmente. ¿Fue eso? ¿Corrías el peligro de enamorarte de mí?

De algún modo, ella consiguió mantener la compostura y, con todo el desdén que pudo, le dijo:

—¿De veras imaginas que estaba en peligro

de enamorarme de un hombre que trata a las mujeres como si fueran juguetes?

—Aparte de los artículos de la prensa, ¿qué te hace pensar que trato a las mujeres como si fueran juguetes?

—Me dijiste que preferías mantener relaciones en las que hubiera sexo seguro sin implicación emocional, puramente recreativo.

—Eso no es lo que...

—Y más tarde, me dijiste que en lo que a mujeres se refiere, preferías mantenerte alejado de las relaciones serias.

Ella dejó de hablar cuando él se acercó al sofá y, agarrándola por los codos, la puso en pie.

—Si te paras a pensar, a lo mejor recuerdas que mi comentario fue: hasta ahora, he preferido no tener relaciones serias. Pero tú no eres el tipo de mujer que se entrega fácilmente, así que, ¿por qué te acostaste conmigo, Charlotte?

—A lo mejor has oído hablar del deseo.

—No solo he oído hablar de ello, sino que lo he experimentado muchas veces. Por eso conozco la diferencia entre amor y deseo. El amor añade muchas otras cosas. Y también afloja la lengua de la gente —añadió—. Cuando descubrí que habías estado en nuestras oficinas...

–¿Cómo lo descubriste?

–Por suerte, cuando terminó la reunión me encontré con la señorita Jeffries. Estaba disgustada porque no se había parado a hablar contigo. Aunque sabía que estabas en los Estados Unidos, verte en el recibidor la pilló por sorpresa. Pero, volviendo al tema... Después de hablar con la recepcionista, que había visto que Richard se llevaba tu maleta, fui a buscarlo, solo para descubrir que se había marchado a Florida. Al no encontrarte en el apartamento, ni en ningún otro sitio, supuse que te habías ido con él y pasé toda la noche sin dormir imaginándoos a los dos juntos. Al día siguiente, hice lo que tenía que haber hecho en primer lugar. Telefoneé a la aerolínea y me confirmaron que en ninguno de sus vuelos hacia Florida había una pasajera que se llamara señorita Michaels. Fue entonces cuando lo llamé. Al principio, él no quería decirme nada, y en lugar de amenazarlo con partirle la cara, como tú pensabas, le dije la verdad. Cuando lo convencí de que hablaba en serio, me dio tu dirección y me deseó buena suerte.

–¿Qué verdad?

–Que te amo –Daniel apoyó la frente contra la de Charlotte–. Lo digo en serio, Charlotte. Te amo, y quiero casarme contigo –al oír sus palabras, a Charlotte se le llenaron los ojos de lágrimas de tanta felicidad, pero Daniel continuó–. Esperaba que tú sintieras lo mismo –al ver que ella permanecía inmóvil, con las lágrimas rodando por sus mejillas, preguntó con duda–. ¿O me he equivocado?

–No, no te has equivocado –susurró ella.

–Entonces, ¿por qué lloras?

–De felicidad.

Cuando Charlotte abrió los ojos a la mañana siguiente, el reloj de la mesita de noche marcaba las once y media.

Estaba tumbada, acurrucada junto a Daniel y con la cabeza sobre su pecho. Podía sentir el latido de su corazón y su respiración calmada.

Moviéndose con cuidado, lo miró. Estaba dormido.

«Mi amor», pensó ella, «Y soy suya».

La noche anterior, él se lo había repetido una y otra vez mientras le secaba las lágrimas con besos. Después, tras sentarla de nuevo en el sofá, le entregó una pequeña caja.

–Tu regalo de Navidad... Y justo a tiempo –añadió al ver que el reloj marcaba las doce.

–Pero yo no tengo nada para darte.

Él la besó.

–No te preocupes, amor mío, ya se me ocurrirá algo –en la caja estaba el anillo más bonito que Charlotte había visto nunca, una esmeralda rodeada de brillantes. Cuando se lo puso en el dedo, vio que le quedaba perfecto–. Quería habértelo dado hace tres días. Cuando me desperté y vi que no estabas me quedé destrozado. Si supieras lo que me has hecho pasar.

–Lo siento. Y trataré de compensarte por ello.

–Me alegra oírlo.

Aquella noche hicieron el amor con más entrega y pasión que nunca. Ella había descubierto que el amor podía ser demoledor, y cruel, dadas las circunstancias. Sin embargo, todo había cambiado. El día anterior, no había podido imaginarse que existiera tanta felicidad.

Charlotte alzó la mano y le acarició el contorno de la boca.

–Despierta, dormilón... Solo queda una hora para comer.

Dio un grito de sorpresa cuando, sin avisar, él se giró y se colocó sobre ella.

–El tiempo suficiente para demostrarte quién es el jefe aquí, señorita Charlotte.

Inclinó la cabeza y la besó hasta dejarla sin aliento.

Cuando se retiró un poco, batiendo las pestañas, ella le dijo:

—Ah, pero me encantan los hombres autoritarios.

—Si intentas conquistarme tendrás que rehacer la frase.

—Lo siento. Quería decir que me encanta este hombre autoritario.

—Eso está mejor. Ahora, ¿qué prefieres? Un café o...

—Una buena taza de café sería maravilloso.

—Eso me pasa por preguntar —dijo él, y la besó de nuevo antes de salir de la cama.

Charlotte seguía tumbada pensando en lo placentera que había sido la noche cuando él regresó en silencio con dos tazas de café y se metió de nuevo en la cama.

Se tomaron el café en silencio, antes de que ella le formulara la pregunta que se hacen todos los amantes.

—Daniel, ¿desde cuándo me amas?

—¿Cuándo se convierte un deseo apasionado en amor?

—Cuando se apodera de ti, y te posee, supongo.

—En ese caso, te he amado desde el momento en que te vi. Entonces, lo llamaba deseo, pero ya me había poseído. No podía pensar en otra cosa que no fueras tú. Cuando Teldford me dijo que Tim era tu hermanastro, yo quería ir y contártelo todo.

—¿Y por qué no lo hiciste?

—Pensé que sería demasiado pronto, que quizá necesitaras más tiempo. Tenía miedo de que no quisieras escucharme. Así que me fui a casa y traté de pensar qué podía hacer. Entonces se me ocurrió lo del traslado de personal. Esperaba que tú solicitaras el puesto.

—¿Y qué habrías hecho si no lo hubiera pedido?

—Habría pensado en otra cosa. Te habría esperado toda la vida, y no te habría dejado escapar... ¿Serás feliz viviendo en Nueva York?

—Muy feliz, si tú estás allí.

—Estaré allí.

—Hablando de Nueva York, ¿no pensabas regresar hoy?

—¿Quieres?

—Ya no. Aunque me encanta la idea de regresar a The Lilies, me gustaría estar aquí unos días más. Si tenemos bastantes víveres...

—La señora Munroe trajo suficientes para un mes. Lo que me recuerda que estoy hambriento. A lo mejor la felicidad da hambre —dijo Daniel. «Sin duda, la felicidad le sienta muy bien», pensó ella. Parecía más joven y estaba más atractivo que nunca–. ¿Y tú? ¿Tienes hambre?

–Me muero de hambre.

–Mira, como todavía tenemos que ir a recoger el coche podemos ir caminando a Marchais y celebrarlo comiendo allí –le dio un abrazo–. No puedo esperar a contar nuestras buenas noticias.

Cuando salieron estaba nevando un poco. Comenzaron a caminar por un camino entre árboles y Charlotte preguntó:

–¿Todo este terreno pertenece a la cabaña?

–Sí, es un terreno privado que cubre todo el perímetro del bosque. Mañana podemos probar un par de pistas de esquí...

–Estupendo –dijo ella ilusionada.

–¡Esa es mi chica!

Iban caminando entre helechos cubiertos de nieve cuando, al salirse un poco del camino, Charlotte se hundió hasta la rodilla.

–Daniel, ¿alguna vez has hecho el amor en un montículo de nieve?

Sorprendido por su tono de voz, contestó con precaución:

–No.

Y sonriendo, Charlotte comenzó a desabrocharse el anorak.

El suelo estaba blando como un colchón de plumas, y algunos copos de nieve caían de las hojas de los helechos. La combinación de calor y frío, fuego y hielo, era sublime, y ella se encontró pensando que si los ángeles hacían el amor debía parecerse a eso.

Cuando volvió a la realidad y abrió los ojos, miró a Daniel y vio que tenía las orejas coloradas y las pestañas con pequeños cristalitos de hielo.

Sintiéndose culpable, le preguntó:

–¿Crees que estoy loca?

Sacudiéndose algunos copos de nieve de la cara, Daniel la besó en los labios y dijo:

–Sin duda. Pero, en mi opinión, no se vive hasta que no se ha hecho el amor con una mujer loca.